牛乳カンパイ係、田中くん

ありがとう田中くん！お別れ会で涙のカンパイ！

並木たかあき・作
フルカワマモる・絵

集英社みらい文庫

田中《たなか》食太《たべた》
5年《ねん》1組《くみ》の牛乳《ぎゅうにゅう》カンパイ係《がかり》。
給食《きゅうしょく》マスターとして奮闘中《ふんとうちゅう》。
増田先輩《ますだせんぱい》
田中《たなか》くんあこがれの先輩《せんぱい》。
6年《ねん》1組《くみ》の天才給食《てんさいきゅうしょく》マスター。
三田《みた》ユウナ
みんなに気配《きくば》りできる
しっかり者《もの》の委員長《いいんちょう》。
鈴木《すずき》ミノル
田中《たなか》くんの親友《しんゆう》。
田中《たなか》くんのおかげで
牛乳好《ぎゅうにゅうず》きに…。

御《お》石《いし》井《い》小《しょう》学《がっ》校《こう》のメンバー
ロベルト石川《いしかわ》
ブラジル生《う》まれの転校生《てんこうせい》。
給食《きゅうしょく》マスターをかけて
田中《たなか》くんと戦《たたか》ったが、
今《いま》は仲《なか》よし。
多田見《ただみ》
マモル先生《せんせい》
5年《ねん》1組《くみ》の担任《たんにん》。
生徒《せいと》たちをただ見守《みまも》る
やさしい先生《せんせい》。
大久保《おおくぼ》ノリオ
5年《ねん》1組《くみ》の恐怖《きょうふ》の大王《だいおう》。
よく鼻毛《はなげ》がでている…。
難波《なんば》ミナミ
大阪出身《おおさかしゅっしん》の元気《げんき》な女《おんな》の子《こ》。
実家《じっか》は「難波食堂《なんばしょくどう》」。

もくじ

❶
田《た》中《なか》くん、
ひっこすのっ？
5P

❷
お別《わか》れ会《かい》の当《とう》日《じつ》に……
トラブル発《はっ》生《せい》！
51P

❸
500人《にん》前《まえ》の
給《きゅう》食《しょく》をつくれ！
93P

❹
バイバイ、田《た》中《なか》くん！
144P

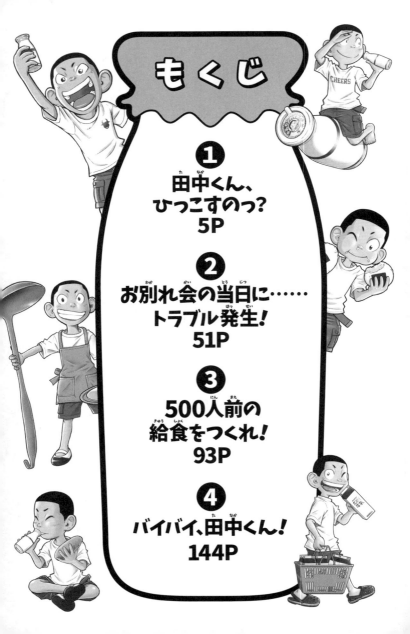

1杯目《ぱいめ》 田中《たなか》くん、ひっこすのっ？

「いた〜だき〜ます！」

「「「いた〜だき〜ます！」」」

ある日《ひ》の、給食《きゅうしょく》の時間《じかん》に。

「なぁ、ミノル」

とぼくにしゃべりかけたのは、同《おな》じ給食班《きゅうしょくはん》の田中食太《たなかたべた》くん。

……おや？

田中《たなか》くんに、元気《げんき》がないぞ。

「どうしたの、田中《たなか》くん？」

一番《いちばん》の友《とも》だちの暗《くら》い顔《かお》を見《み》て、ぼくは心配《しんぱい》になってしまった。

「いやぁ、じつはさぁ……」

田中《たなか》くんが小《ちい》さな声《こえ》で、ぼくになにかいおうとすると。

「おーい、鈴木《すずき》ぃ。なにおしゃべりしてるんだよ？」

クラスの友《とも》だちが、ぼくをやさしく注意《ちゅうい》した。

「田中《たなか》はいまから、係《かかり》の仕事《しごと》があるんだぜ？」

いわれて、5年《ねん》1組《くみ》の教室《きょうしつ》を見《み》まわすと、みんなが田中《たなか》くんを待《ま》っていた。

田中《たなか》くんのやっている『牛乳《ぎゅうにゅう》カンパイ係《がかり》』は、5年《ねん》1組《くみ》の給食《きゅうしょく》の時間《じかん》をもりあげる、とても大事《だいじ》な係《かかり》なんだ。

田中《たなか》くんも、みんなの視線《しせん》に気《き》がついたみたいだ。

さっきの暗《くら》い顔《かお》をひっこめると、牛乳《ぎゅうにゅう》ビンを持《も》って立《た》ちあがった。

「みんな、お待《ま》たせっ！」

田中《たなか》くんは元気《げんき》な声《こえ》で呼《よ》びかけてから、黒板《こくばん》の前《まえ》へとダッシュした。

「おまえらぁ、ちゅうも〜く！」

牛乳《ぎゅうにゅう》ビンをマイクみたいにして、田中《たなか》くんは教室《きょうしつ》のみんなに声《こえ》をかける。

「今日《きょう》もみんなで、楽《たの》しく、食《た》べるぞ〜っ！」

「「「うぉ〜！」」」

パン・パン・パン・パン！
パン・パン・パン・パン！

クラスのみんなの手拍子《てびょうし》が始《はじ》まった。

今日《きょう》の田中《たなか》くんが歌《うた》いだしたのは、『一週間《いっしゅうかん》』の歌《うた》の、替《か》え歌《うた》だった。

もとの歌《うた》では「♪テュリャテュリャテュリャテュリャテュリャテュリャ・テュリャリャリャ〜♪」っていうふしぎな歌詞《かし》がついている、速《はや》くて元気《げんき》な曲《きょく》だ。

♫♫日曜日《にちようび》はコンビニへいき～
ミルクを3本《ぼん》買《か》ってきた～
ごくごくごくごくごく牛乳《ぎゅうにゅう》～
ごくごくごく田《た》～中《なか》～っ！　ヘイ♪
月曜日《げつようび》は給食《きゅうしょく》で飲《の》み～
火曜日《かようび》は夜《よる》にも飲《の》んだ～
ごくごくごくごくごく牛乳《ぎゅうにゅう》～
ごくごくごく田《た》～中《なか》～っ！　ヘイ♪
水曜日《すいようび》は牧場《ぼくじょう》へいき～
木曜日《もくようび》は牛《うし》から飲《の》んだ～
ごくごくごくごくごく牛乳《ぎゅうにゅう》～
ごくごくごく田《た》～中《なか》～っ！　ヘイ♪
金曜日《きんようび》は……
金曜日《きんようび》は……

え？
どうしたんだろう？
田中《たなか》くんは、急《きゅう》に歌《うた》うのをやめてしまった。
クラスのみんなの手拍子《てびょうし》に合《あ》わせて、さっきまでノリノリだったのに。
なんだか、つらそうな顔《かお》だ。
気《き》づいたみんなの手拍子《てびょうし》が、だんだんとやんでいく。
しーんとした中《なか》、田中《たなか》くんはやっと口《くち》を動《うご》かした。
「金曜日《きんようび》は……、金曜日《きんようび》には……」
コトン。
持《も》っていた牛乳《ぎゅうにゅう》ビンを、すぐ横《よこ》の配膳台《はいぜんだい》にそっと置《お》いた。
下《した》をむいたまま、叫《さけ》んだ。
「次《つぎ》の金曜日《きんようび》には、オレ、ひっこしちゃうんだ！」

「「へ？」」

クラスのみんなが、いっせいにかたまった。

時間《じかん》がとまっちゃったんじゃないかって思《おも》うくらい、クラスはしずかだ。

それから。

「「「な、な、な、なんだって〜っ？」」」

みんなは急《きゅう》にざわつき始《はじ》めた。

「ミノルくん、そんなの聞《き》いてたっ？」

同《おな》じ給食班《きゅうしょくはん》で、クラス委員長《いいんちょう》の三田《みた》ユウナちゃんが、あせった顔《かお》でぼくに聞《き》いた。

ぼくは大《おお》きく目《め》をひらいて、首《くび》を横《よこ》にふる。

「いやいや！　ぼくも、いま初《はじ》めて知《し》ったよ！」

「うーん、聞《き》きまちがいかなぁ？」

首《くび》をかしげたユウナちゃんは、まじめな顔《かお》でメガネを外《はず》すと、ハンカチでふいた。

すぐにメガネをかけなおすと、不安《ふあん》そうに田中《たなか》くんをながめた。

「うーん。本当《ほんとう》かな？　よくわか

らないね」

……ん、ユウナちゃん？

ふつう「聞《き》きまちがい」かもしれない場合《ばあい》は、メガネをふくんじゃなくて、耳《みみ》そうじをするんじゃないのかな？

けど、いつもまじめなユウナちゃんは、ふざけてこんなことぜったいにやらない。

きっと、それくらいパニックなんだ。

田中《たなか》くんはいった。

「だから、みんなと一緒《いっしょ》の給食《きゅうしょく》も、今日《きょう》をいれて、あと3回《かい》しかないんだよ」

「「えーっ！」」

田中《たなか》くんはさっき配膳台《はいぜんだい》に置《お》いた牛乳《ぎゅうにゅう》ビンをふたたび持《も》つ。

「ちくしょう！」

ごくごくごくごくごくごく！

やけになったオジサンみたいに、勢《いきお》いよく牛乳《ぎゅうにゅう》を飲《の》み干《ほ》した。

「ぷはぁ！　これが、飲《の》まずにいられるか！」

田中《たなか》くんが1本飲《ぽんの》み干《ほ》すと。

誰《だれ》かがそっと、2本目《ほんめ》の牛乳《ぎゅうにゅう》ビンをさしだした。

「えー。いま田中《たなか》くんがいっていたことは、本当《ほんとう》なんですねぇ」

さしだしたのは、多田見《ただみ》マモル先生《せんせい》だった。

いつもにこにこと5年《ねん》1組《くみ》をただ見守《みまも》ってくれる多田見先生《ただみせんせい》は、ぼくたちの担任《たんにん》の先生《せんせい》だ。

先生《せんせい》は田中《たなか》くんに牛乳《ぎゅうにゅう》ビンをわたしながら、ぼくたちに説明《せつめい》してくれた。

「たいへん、残念《ざんねん》なのですが……」

いつも笑顔《えがお》の多田見先生《ただみせんせい》が、今日《きょう》はちっともにこにこしていない。

「田中《たなか》くんが御石井小学校《おいしいしょうがっこう》にいるのは、あさっての金曜日《きんようび》までなのです」

あ。

急《きゅう》に、すごく、ショックだった。

だって、先生《せんせい》がいっているんだ。じょうだんや聞《き》きまちがいのわけがない。

ぼくとユウナちゃんは顔《かお》を見合《みあ》わせる。

突然《とつぜん》のことに、なんにもいえなくなってしまった。

黒板《こくばん》の前《まえ》にいる田中《たなか》くんの表情《ひょうじょう》も、なんだか暗《くら》い。

「おい、田中《たなか》っ！」

「あさってひっこしって、急《きゅう》すぎるだろ！」

「なんでこんなにギリギリになるまで、教《おし》えてくれなかったの？」

クラスのみんなは、大声《おおごえ》で文句《もんく》をいい始《はじ》めた。

けれどもその声《こえ》は、ものすごくかなしそうだ。

「……みんな。ずっといえなくて、ごめん」

田中《たなか》くんは、坊主頭《ぼうずあたま》をさげた。

「オレ、転校《てんこう》しちゃうんだ」

そんな姿《すがた》を見《み》ちゃうと。

クラスのみんなは、もうなんにもいえなくなっていた。

この日《ひ》の給食《きゅうしょく》は、人気《にんき》のオムライスだった。

いつもなら、人気《にんき》のメニューがでる日《ひ》の給食《きゅうしょく》の時間《じかん》は、とくににぎやかだ。

けれども今日《きょう》の5年《ねん》1組《くみ》の教室《きょうしつ》は、ずっとしーんとしたままだった。

田中《たなか》くんは、スプーンでひと口《くち》オムライスを食《た》べた。

「オムライス、うまいな！　なぁ、ミノル！」

しーんとした給食班《きゅうしょくはん》の空気《くうき》を、田中《たなか》くんはなんとか変《か》えたかったのかもしれない。

「……うん。おいしいね」

って、返事《へんじ》はしたけど。

このときのぼくは、田中《たなか》くんの転校《てんこう》がショックすぎて、大好《だいす》きなオムライスの味《あじ》がほとんどわからなかったんだよね。

本当《ほんとう》は、いつものおいしい給食《きゅうしょく》のはずなんだけど……。

こんなに味《あじ》がわからない給食《きゅうしょく》は、生《う》まれて初《はじ》めて食《た》べた気《き》がする。

＊

昼休《ひるやす》みになってすぐ。

ぼくたちは席《せき》についている田中《たなか》くんをかこむようにして集《あつ》まった。

みんな次々《つぎつぎ》に質問《しつもん》する。

「どこの小学校《しょうがっこう》に、転校《てんこう》するの？」

「おばあちゃんも、一緒《いっしょ》なの？」

「まさか世界一周客船《せかいいっしゅうきゃくせん》のシェフをやっているお父《とう》さんと一緒《いっしょ》に、世界《せかい》の小学校《しょうがっこう》をまわるつもりなの？」

田中《たなか》くんは、おばあちゃんとふたり暮《ぐ》らしだ。お父《とう》さんは世界《せかい》をかけまわっているし、お母《かあ》さんは本当《ほんとう》に残念《ざんねん》だけれども田中《たなか》くんが小学校《しょうがっこう》にはいる前《まえ》に亡《な》くなってしまっていた。

田中《たなか》くんは、頭《あたま》をかいた。

「いやぁ、ちょっとな」

みんなにいろいろ聞《き》かれても、すまなそうな表情《ひょうじょう》で、もごもごと、いいにくそうにするだけだった。

なんだろう？

くわしいことは、いえないのかな?

「なぁ、田中《たなか》」

難波《なんば》ミナミちゃんが声《こえ》をかけた。

ミナミちゃんの両親《りょうしん》は、大人気《だいにんき》の定食屋《ていしょくや》「難波食堂《なんばしょくどう》」をやっている。ミナミちゃんはそのめちゃくちゃいそがしい食堂《しょくどう》で、親《おや》の仕事《しごと》を手《て》つだえるくらい、料理《りょうり》がうまい。

あと、ちょっと変《か》わったとくちょうがある。

くさいにおいをかいだときのミナミちゃんは、びっくりするくらいふきげんになるんだ。そのあまりに怖《こわ》い様子《ようす》から、5年《ねん》1組《くみ》の中《なか》では『帝王《ていおう》』というあだ名《な》で呼《よ》ばれていた。

「せめて、どこの小学校《しょうがっこう》に転校《てんこう》するのかくらいは、うちらに教《おし》えたってや」

ミナミちゃんだって、さみしそうだ。

そりゃそうだよ。

ミナミちゃんは、田中《たなか》くんのことを、自分《じぶん》のライバルだってずーっといっていたんだもんなぁ。

「……うーん」

ミナミちゃんの質問《しつもん》に、田中《たなか》くんはこたえなかった。

「なんで、いえへんの？　そんなん、おかしいやん」

今度《こんど》はちょっと怒《おこ》ったような顔《かお》になった。でも、ミナミちゃんは田中《たなか》くんのことを本当《ほんとう》に心配《しんぱい》していたんだろう。

それからミナミちゃんは、じーっと田中《たなか》くんを見《み》ていたんだけど。

「ん？」

なにかに、気《き》づいた。

「なぁ、田中《たなか》」

にこりと、わらう。


「うちらに、なにか、かくしてるやろ？」


「えっ……」

田中《たなか》くんの表情《ひょうじょう》が、少《すこ》しかたくなった。

ミナミちゃんの表情《ひょうじょう》は、やわらかいままだ。

「ふふーん。やっぱりな。うちの勘《かん》は、けっこうあたるんや」

ミナミちゃんはとくいそうにわらってから。

「なぁ、ミノル。頼《たの》むわ」

スッと右手《みぎて》をさしだした。

「なんでもええから、なんか、くさいもの持《も》ってきて！」

へ？

「くさいものを、持《も》ってくるの？」

ミナミちゃんはうなずいてから、手《て》をひっこめ、にぎりこぶしをバキバキ鳴《な》らした。

「ふふふふふ」

あやしくわらいだすミナミちゃん。

「お、おい、ミナミ。な、なにをするつもりだよ？」

怖《こわ》がる田中《たなか》くんは、思《おも》わずイスごとうしろにさがった。

「もうこうなったら、うちの『帝王《ていおう》』状態《じょうたい》でめちゃくちゃ怖《こわ》がらせて、かくしごとを、無《む》理《り》やりにでもしゃべらせたるわ。ふふふふふふふふふ」

「わらい方《かた》が、もう怖《こわ》いよっ」

ぼくは思《おも》わず横《よこ》から叫《さけ》んだ。

ミナミちゃんはつづける。

「とにかくミノル、頼《たの》むわ」

「えええ……」

本当《ほんとう》に、なにかくさいものをさがしにいったほうがいいのかな？

なんてぼくが迷《まよ》っていたら。

ピンポンパンポ〜ン。

校内放送《こうないほうそう》の呼《よ》びだし音《おん》が鳴《な》った。

みんなはいっせいに、教室《きょうしつ》のスピーカーを見《み》あげる。

『え〜、５年《ねん》１組《くみ》の、田中食太《たなかたべた》くん。５年《ねん》１組《くみ》の、田中食太《たなかたべた》くん』

のんびりとした、多田見先生《ただみせんせい》の声《こえ》だ。

『伝《つた》えたいことがありますので、職員室《しょくいんしつ》までできてください。くりかえします。５年《ねん》１組《くみ》の、田中食太《たなかたべた》くん。職員室《しょくいんしつ》まできてください』

ピンポンパンポ～ン。

「悪《わり》ぃな、ミナミ。呼《よ》ばれちゃったよ」

田中《たなか》くんは、さっと席《せき》を立《た》った。

「オレ、ちょっといってくる」

「あ。こら。田中《たなか》！」

田中《たなか》くんは、ミナミちゃんから逃《に》げるみたいに、さーっと教室《きょうしつ》からでていった。

うーん。

やっぱりさぁ。

ミナミちゃんのいうとおりだと思《おも》う。

田中《たなか》くんは、なにかをかくしている気《き》がするよ。

もしかして……。

転校《てんこう》することに、なにか大《おお》きな悩《なや》みがあるんじゃないのかな。

だってさっきの給食《きゅうしょく》の時間《じかん》に、田中《たなか》くんがぼくに見《み》せていた暗《くら》い顔《かお》は、なにか悩《なや》んでいるときの顔《かお》に見《み》えたんだ。

「あー、もうっ」

ミナミちゃんは、ちょっと怒《おこ》っていたけれど。

「あれはぜったいに、なにか、うちらにかくしてるで！」

そのかくしごとが、なにか大《おお》きな悩《なや》みごとでなければいいなとぼくは思《おも》った。


田中《たなか》くんは、職員室《しょくいんしつ》へいってしまった。

ぼくはなんだか、ぽつんととりのこされた気分《きぶん》になってしまう。

それは他《ほか》のみんなも、似《に》たような気持《きも》ちだったみたいだ。

「……田中《たなか》くんが転校《てんこう》しちゃうと、こんな感《かん》じになっちゃうのかな」

さみしそうにつぶやくユウナちゃん。

校庭《こうてい》ではしゃぐ楽《たの》しそうな声《こえ》が、しずかな教室《きょうしつ》に届《とど》いた。はしゃぐ声《こえ》がよく聞《き》こえるくらい、5年《ねん》1組《くみ》は、しーんとしている。

そのとき、ぼくは、あることを思《おも》いついた。

「ねぇ、みんなっ。聞《き》いてよっ」

「おっ、ミノル」

「急《きゅう》にどうしたの？」

おとなしいぼくが、クラスに大声《おおごえ》で呼《よ》びかけるなんてめずらしい。

みんなはおどろいた顔《かお》で、ぼくの言葉《ことば》のつづきを待《ま》った。


「みんなで、田中《たなか》くんのお別《わか》れ会《かい》をしようよ！」


「お別《わか》れ会《かい》？」

「うん！　思《おも》いでにのこることを田中《たなか》くんにしてあげたいなって思《おも》うんだ」

ぼくは5年生《ねんせい》の1学期《がっき》に、御石井小学校《おいしいしょうがっこう》に転入《てんにゅう》していた。

だから、わかる。

「転校《てんこう》って、けっこうかなしいんだよね」

田中《たなか》くんの転校《てんこう》は、きっと変《か》えられないことなんだろう。

それなら、田中《たなか》くんが感《かん》じるかもしれないかなしさを、ちょっとでもへらしてあげたいと思《おも》ったんだ。

それにぼくは、御石井《おいしい》小学校《しょうがっこう》で田中《たなか》くんと会《あ》えてからは、学校《がっこう》や給食《きゅうしょく》の時間《じかん》が本当《ほんとう》に楽《たの》しくなっていた。

「田中《たなか》くんがひっこす前《まえ》に、なにか、お礼《れい》をしたいんだ」

ぼくの言葉《ことば》を聞《き》いてすぐ。

「おおおおおっ、ミノル！」

大久保《おおくぼ》ノリオが真《ま》っ先《さき》に叫《さけ》び、大《おお》きなまるい顔《かお》をぼくにぐいっと近《ちか》づけた。

「おまえは、なんてやさしいんだ！」

クラスで一番《いちばん》大《おお》きなノリオは、5年《ねん》1組《くみ》の恐怖《きょうふ》の大王《だいおう》だ。

いつも「自分《じぶん》は世界《せかい》で一番《いちばん》親切《しんせつ》だ」と宣言《せんげん》していて、どんどんみんなに「親切《しんせつ》」をする。

困《こま》っているひとを、ノリオはぜったいにほうっておけない。

「やろうぜ、お別《わか》れ会《かい》。田中《たなか》に、お礼《れい》をしまくってやる！　なにがいいかな〜？」

悩《なや》むノリオは楽《たの》しそうだ。

「……あっ、そうだ！　給食《きゅうしょく》の時間《じかん》に、学校中《がっこうじゅう》の牛乳《ぎゅうにゅう》をぜんぶかき集《あつ》めてきて、田中《たなか》にプレゼントしてやろう！」

「「「え？」」」

ノリオに注目《ちゅうもく》するみんなの表情《ひょうじょう》が、不安《ふあん》でいっぱいになった。

「飲《の》めないなんて、いわせねぇぜ。無理《むり》やりにでも、ぜんぶの牛乳《ぎゅうにゅう》を、田中《たなか》の口《くち》にどぼどぼどぼどぼそそいでやる！　だって牛乳《ぎゅうにゅう》は、田中《たなか》の大好物《だいこうぶつ》なんだからな！」

ノリオの親切《しんせつ》は、相手《あいて》の気持《きも》ちなんか気《き》にしない。

親切《しんせつ》にされた相手《あいて》は、かえって迷惑《めいわく》しちゃうことが多《おお》いんだけど、ノリオにはそんなの関係《かんけい》ない。

「ああ、オレはなんてやさしいんだ！」

ぼくだって、5年《ねん》1組《くみ》に転入《てんにゅう》してきたばかりのころ、きらいで飲《の》めなかった牛乳《ぎゅうにゅう》を、ノリオに無理《むり》やり飲《の》まされそうになったことがあった。あのときは本当《ほんとう》に困《こま》っちゃったよ。

ノリオに、悪気《わるぎ》はないんだけれどね。

あと、しょっちゅう鼻毛《はなげ》がでてる。

見《み》あげれば、いまも右《みぎ》からでてる。

「みんなで、田中《たなか》のお別《わか》れ会《かい》だぜ！」

ノリオが大《おお》きな声《こえ》で呼《よ》びかけると、クラスのみんながだんだんと声《こえ》をあげ始《はじ》めた。

「そうだな。そうだよな」

「田中《たなか》くんには、いつもお世話《せわ》になってるもんね」

「牛乳《ぎゅうにゅう》を無理《むり》やり飲《の》ませるのはダメだけどな」

こうして、田中《たなか》くんのお別《わか》れ会《かい》をひらくことが、決《き》まったんだ。

「いいことを思《おも》いついたね、ミノルくん」

ユウナちゃんがほめてくれたのがうれしくて、ぼくは照《て》れながらうなずいた。

＊

田中《たなか》くんのために、お別《わか》れ会《かい》をひらこうよ！

みんなで決《き》めた、ちょうどそのときのことだった。


「ミノルくん！　そして5年《ねん》1組《くみ》のみんな！」


教室中《きょうしつじゅう》に、声《こえ》がひびいた。

「転校《てんこう》する田中《たなか》くんのためになにかをしてあげたいというその気持《きも》ちに、ぼくはとても感《かん》動《どう》したよ！」

なんだ、なんだ？

ぼくたちはみんなで、教室中《きょうしつじゅう》をきょろきょろと見《み》まわした。

「あっ、わかった！」

ユウナちゃんが、天井《てんじょう》を指《ゆび》さした。

「声《こえ》がしているのは、上《うえ》からだよ！」

「そのとおり！　よく気《き》がついたね！　さすがはユウナちゃんだ！」

ぼくたちは天井《てんじょう》を見《み》つめる。

「ぼくは、ここさっ！」

パカッ！

その瞬間《しゅんかん》、天井《てんじょう》にあいた穴《あな》から。

「ふはははははははははは。はは。は。はっ。**げふん。げふっ。げふんっ**」

せきこむ声《こえ》が、聞《き》こえてきた。

その天井《てんじょう》の穴《あな》から、ひょいと誰《だれ》かが見《み》おろしてきたんだけれど……。

「「「あああーっ、増田先輩《ますだせんぱい》だぁ！」」」

ぼくたちみんなはおどろいて目《め》を丸《まる》くした。

増田先輩《ますだせんぱい》は食事会《しょくじかい》だけでふたつの国《くに》の戦争《せんそう》をとめたり、食糧不足《しょくりょうぶそく》の地域《ちいき》の争《あらそ》いを解決《かいけつ》したりと、世界《せかい》をまたにかけて活躍《かつやく》している、天才《てんさい》・給食《きゅうしょく》マスターだ。給食《きゅうしょく》マスターっていうのは、すべての「食《しょく》」の問題《もんだい》を解決《かいけつ》する、「給食《きゅうしょく》の神様《かみさま》」みたいな存在《そんざい》なんだ。

いつだって増田先輩《ますだせんぱい》は、急《きゅう》にぼくたちの前《まえ》にあらわれる。

「とうっ！」

かけ声《ごえ》と一緒《いっしょ》に、増田先輩《ますだせんぱい》が降《ふ》ってきた。

赤《あか》いマントを身《み》につけた増田先輩《ますだせんぱい》は、スケート選手《せんしゅ》みたいにくるくると、猛《もう》スピードで回転《かいてん》してからぼくたちの前《まえ》に着地《ちゃくち》した。

外国《がいこく》の貴族《きぞく》みたいに上品《じょうひん》に、右手《みぎて》を胸《むね》にあてる。


「味気《あじけ》ない世界《せかい》に、給食《きゅうしょく》を！」


それから、ぼくたちにあいさつしてくれた。

「5年《ねん》1組《くみ》のみんなっ。ごきげんよう！」

増田先輩《ますだせんぱい》のきれいな動《うご》きに見《み》とれてしまい、ぼくたちはなにも言葉《ことば》がでなかった。

「……ま、ま、ま、増田先輩《ますだせんぱい》」

ユウナちゃんはあこがれの増田先輩《ますだせんぱい》を前《まえ》に、目《め》をハート形《がた》にしてぽーっと顔《かお》を赤《あか》くしている。

「話《はなし》は聞《き》かせてもらったよ、ミノルくん」

これはきっと、天井裏《てんじょううら》で聞《き》いていたってことなんだろうな。

「お別《わか》れ会《かい》というのは、とてもすばらしい考《かんが》えだね」

「あ、ああ、ありがとうございますっ」

天才《てんさい》・給食《きゅうしょく》マスターの増田先輩《ますだせんぱい》にほめられて、ぼくはものすごくうれしくなった。

「そこでね。そのお別《わか》れ会《かい》について、ぼくからひとつ、提案《ていあん》があるのだが」

ひとつ。

そういいながら増田先輩《ますだせんぱい》は、ひとさし指《ゆび》をピッと立《た》てた。

「そのお別《わか》れ会《かい》は、金曜日《きんようび》の、給食《きゅうしょく》の時間《じかん》にやろうじゃないか？」

「ん、先輩《せんぱい》？『やろうじゃないか』っていうのは、つまり……」

ぼくが言葉《ことば》をつづける前《まえ》に。

「あー、もしかしてっ？」

ユウナちゃんは目《め》をキラキラさせる。

「増田先輩《ますだせんぱい》も、田中《たなか》くんのお別《わか》れ会《かい》に、参加《さんか》してくれるってことですかっ？」

うれしそうに聞《き》くユウナちゃんに、増田先輩《ますだせんぱい》はほほえみかけた。

「もちろんさ。そこで、ぼくからの提案《ていあん》なのだけれども……」

増田先輩《ますだせんぱい》はキラキラとほほえんだ。

「全校《ぜんこう》の子《こ》たちが参加《さんか》できるお別《わか》れ会《かい》をやるのは、どうだい？」

「全校《ぜんこう》、ですか？」

「ああ、そうさ。田中《たなか》くんは御石井小学校《おいしいしょうがっこう》のみんなが知《し》っているスーパースターだ。みんなで、盛大《せいだい》に、送《おく》りだしてあげたいよね」

「へぇ！　そんなこと、考《かんが》えもしませんでした」

やっぱり増田先輩《ますだせんぱい》はすごいなぁ。

すぐにユウナちゃんがアイデアをだした。

「体育館《たいいくかん》なら、全員《ぜんいん》はいれるよ。給食《きゅうしょく》を全員《ぜんいん》でいっぺんに食《た》べるのは……なにか工夫《くふう》が必《ひつ》要《よう》だけど」

体育館《たいいくかん》にみんなが集《あつ》まってにぎやかに食《た》べているところを、ぼくは想像《そうぞう》した。

遠足《えんそく》みたいに、給食《きゅうしょく》の楽《たの》しさが何倍《なんばい》にもなりそうだ。

それに。

「それなら、となりの5年《ねん》2組《くみ》のロベルトも参加《さんか》できるね」

ロベルト石川《いしかわ》は、ブラジル出身《しゅっしん》の小学《しょうがく》5年生《ねんせい》で、田中《たなか》くんと料理対決《りょうりたいけつ》をしたことがある。

それは、勝《か》ったほうが給食《きゅうしょく》マスターになれるけど、負《ま》けたらもう一生《いっしょう》なれない、っていう厳《きび》しいルールでの戦《たたか》いだった。

この勝負《しょうぶ》に勝《か》った田中《たなか》くんは、なんと、あこがれだった給食《きゅうしょく》マスターになることができた。

さいしょは田中《たなか》くんをきらっていたロベルトだったけど、本気《ほんき》で戦《たたか》ったふたりは、そのあと、友《とも》だちになれたんだ。

「あとでロベルトにも、田中《たなか》くんの転校《てんこう》の話《はなし》を伝《つた》えておかなきゃね」

田中《たなか》くんとロベルトの熱《あつ》い戦《たたか》いを思《おも》いだしながら、ぼくはそんなことをつぶやいていた。

するとユウナちゃんが、ちょっと心配《しんぱい》そうな表情《ひょうじょう》を見《み》せる。

「ロベルトくん、ショックすぎて、泣《な》いちゃうかもしれないね」

いつもは明《あか》るいロベルトなんだけど……。

ぽとり。

ロベルトがなみだを落《お》とすかなしそうな顔《かお》を想像《そうぞう》して、ぼくまでかなしくなってしまった。

「それでは、ぼくはもう帰《かえ》ろうかな」

そういって天井《てんじょう》の穴《あな》を見《み》あげた増田先輩《ますだせんぱい》に、ぼくは尋《たず》ねた。

あ、やっぱりその穴《あな》から帰《かえ》るんですか？

とはさすがに聞《き》けなかったけどね。

「先輩《せんぱい》は、いまからまた、給食皇帝《ロイヤルマスター》からの指令《しれい》にむかうんですか？」

給食《きゅうしょく》マスターで一番《いちばん》えらい給食皇帝《ロイヤルマスター》からの『食《しょく》』に関《かか》わる指令《しれい》を、給食《きゅうしょく》マスターは解決《かいけつ》しなければいけない。

「ああ。今回《こんかい》は、あまりくわしくいえないけどね」

「くわしく、いえない？」

ぼくは首《くび》をかしげた。

「ああ、そうさ。給食《きゅうしょく》マスターの指令《しれい》の中《なか》には、ぜったいにヒミツにしておかなければいけない指令《しれい》もあるのだよ」

「ぜったいにヒミツにしておかなければいけない指令《しれい》？　……ん？」

このとき、ぼくの頭《あたま》の中《なか》には。

さっきの田中《たなか》くんの顔《かお》が浮《う》かんでいた。

転校《てんこう》の理由《りゆう》を聞《き》かれ、すまなそうな表情《ひょうじょう》で、もごもごと、いいにくそうにしていたさっきの田中《たなか》くん。

ロベルトとの戦《たたか》いに勝《か》って、田中《たなか》くんは給食《きゅうしょく》マスターになっている。

「ひょっとして、田中《たなか》くんは……」


給食皇帝《ロイヤルマスター》からの指令《しれい》で、転校《てんこう》しなくちゃいけないんですかっ？

ぼくは増田先輩《ますだせんぱい》に、そう聞《き》こうとしたんだけれど。

パチン。

ぼくが声《こえ》をかけようとしたとき、増田先輩《ますだせんぱい》は指《ゆび》を鳴《な》らした。

「へ？」

びっくりして、ぼくの言葉《ことば》はとまってしまう。

音《おと》がしてすぐ、穴《あな》のあいた天井《てんじょう》からは、すーっとロープがたれてきた。

増田先輩《ますだせんぱい》はそのロープの先《さき》を、片方《かたほう》のつま先《さき》にぐるぐると巻《ま》いた。

「それではみんな、ごきげんよう！」

増田先輩《ますだせんぱい》はロープをつかむと、ぐいっとひいた。

すーっとそのまま、天井《てんじょう》の穴《あな》にすいこまれていった。

「ん、ミノル？」

ミナミちゃんが口《くち》をひらく。

「いま、増田先輩《ますだせんぱい》になんかしゃべりかけようとしてへんかった？」

「あ。ああ、ミナミちゃん」

もしも給食皇帝《ロイヤルマスター》からの指令《しれい》で、田中《たなか》くんが転校《てんこう》するんだとしたら……。

それはヒミツにしなくちゃいけない。

「いやぁ。なんでもないんだよ」

本当《ほんとう》に指令《しれい》なのかはわからないけど、ぼくはだまって首《くび》を横《よこ》にふった。

＊

放課後《ほうかご》。

田中《たなか》くんととくに仲《なか》のよかったぼくたちで、お別《わか》れ会《かい》の計画《けいかく》を立《た》てることにした。

ぼくと、ユウナちゃん。

ミナミちゃんに、ノリオ。

そして、となりの5年《ねん》2組《くみ》からは……。

「だなかが、でんごうじぢゃう！」

5年《ねん》1組《くみ》にかけこんできたロベルトは、なみだ声《ごえ》で、きっといま「田中《たなか》が、転校《てんこう》しちゃう！」っていったんだと思《おも》う。

黒板《こくばん》の前《まえ》でイスに座《すわ》ったぼくたちは、わんわん泣《な》き叫《さけ》ぶロベルトに、どう声《こえ》をかけたらいいのか困《こま》ってしまった。

「……ユウナちゃん。予想《よそう》が、あたったね」

「うん。でもまさか、こんなに泣《な》くとは思《おも》っていなかったけどね」

いつも明《あか》るいロベルトだけど、さすがに田中《たなか》くんの転校《てんこう》はショックだったみたいだ。

予想《よそう》では、ぽとりとなみだを落《お》とすかなと思《おも》っていたんだけど、ロベルトは大《おお》きな声《こえ》でわんわん泣《な》いた。

「ねぇ、ロベルト……どんだけ泣《な》くのさ」

「ばっぺ、ミノル！　ばばばばべんぼうびばぶばんべ！」

今度《こんど》はもう、なにをいっているのかほとんどわからない。ロベルトの顔《かお》は、なみだと鼻《はな》水《みず》で、びちゃびちゃだ。

「泣《な》かないで、ロベルト。このまま泣《な》きつづけたら、体中《からだじゅう》の水分《すいぶん》がなくなって、カラッカラの干物《ひもの》になっちゃうよ！」

「それはいやだよぉ！　田中《たなか》の転校《てんこう》もいやだよぉ！」

今度《こんど》はきちんと聞《き》きとれた。

ひたすら泣《な》くロベルトを見《み》て、あまりにもかわいそうに思《おも》ったんだろう。

「ロベルトくん。これ、よかったら使《つか》って」

ユウナちゃんはロベルトにハンカチを貸《か》してあげた。

「ばびばどぅ、ユウナ！」

いまのはきっと、「ありがとう、ユウナ！」っていったんだろうなぁ。

ロベルトのなみだは、ふいてもふいてもとまらなかった。

「えーと」

ユウナちゃんは、ロベルトのところから黒板《こくばん》へむかうと、チョークを持《も》った。

「それでは、『田中《たなか》くんのお別《わか》れ会《かい》』についての、話《はな》し合《あ》いを始《はじ》めます」

きちんとしたしゃべり方《かた》で、おじぎをする。

学級会《がっきゅうかい》の司会《しかい》みたいだ。

「今日《きょう》は、水曜日《すいようび》です。あさって金曜日《きんようび》の給食《きゅうしょく》の時間《じかん》に、田中《たなか》くんのお別《わか》れ会《かい》をするのですが……」

ユウナちゃんは黒板《こくばん》に、「体育館《たいいくかん》」とチョークで書《か》いた。

その横《よこ》には、体育館《たいいくかん》を上《うえ》から見《み》た図《ず》を描《か》く。

「学校中《がっこうじゅう》のみんなが座《すわ》って給食《きゅうしょく》を食《た》べるには、体育館《たいいくかん》はせまいかもしれません。なにか工《く》夫《ふう》が必要《ひつよう》です。いい考《かんが》えのあるひとはいますか？」

「なぁ、ユウナ。その前《まえ》に、ちょっとええか？」

ミナミちゃんが、話《はなし》を変《か》えた。

「田中《たなか》の転校《てんこう》なんやけど、ほんまに、誰《だれ》も知《し》らんかったの？」

みんながだまってしまう中《なか》、ミナミちゃんは、ぼくを見《み》ていた。

「ミノルも？」

「うん」

「んなアホな。ミノルはいっつも、田中《たなか》と一緒《いっしょ》やんけ」

「ミノルくんが知《し》らないいんだから、本当《ほんとう》に誰《だれ》も知《し》らなかったんだよ」

ユウナちゃんがそっといった。

「田中《たなか》は転校《てんこう》することを、ずーっとうちらにいわへんかった。いまもどこの小学校《しょうがっこう》にいくとか、大事《だいじ》なことをかくしとる。ミノルはそれでも腹《はら》が立《た》たんの？」

ぼくが返事《へんじ》をしようとしたら。

「でもよぉ」

腕《うで》を組《く》んだノリオが、口《くち》をはさんだ。

「家《いえ》の事情《じじょう》だったら、転校《てんこう》もしかたねぇだろ。なぁ、ミノル？」

「いーや。ミノルはうちと一緒《いっしょ》で腹《はら》が立《た》っとる！」

「いーや。ミノルはオレの次《つぎ》にやさしいから、しかたねぇってわかってるはずだ」

それから、ふたりで。

「おまえの考《かんが》えは、どっちだっ？　ミノルっ！」

ぼくを自分《じぶん》の味方《みかた》にしようと、はさむようにしてぐいぐい近《ちか》づいてきた。

「え、ぼく？」

はさまれたぼくは、ちょっと考《かんが》えてから。

小《ちい》さな声《こえ》でしゃべり始《はじ》めた。

「ぼくは……」

腹《はら》が立《た》つとか、しかたがないとか。

そういうのじゃ、ないんだよなぁ。

「……さみしいよ」

下《した》をむいて、つぶやいた。

このとき、自分《じぶん》が転入《てんにゅう》してきたときのことが、ぼくの頭《あたま》に浮《う》かんできた。


ガチガチに緊張《きんちょう》して扉《とびら》をあけた、御石井小学校《おいしいしょうがっこう》5年《ねん》1組《くみ》の教室《きょうしつ》。

自己紹介《じこしょうかい》を終《お》えてから、先生《せんせい》に案内《あんない》されたぼくの席《せき》は、田中《たなか》くんのとなりだった。

授業《じゅぎょう》が始《はじ》まっても田中《たなか》くんは、ずーっと寝《ね》ていた。頭《あたま》を大《おお》きくゆらして、寝《ね》ていた。たまに白目《しろめ》をむいて、やっぱり寝《ね》ていた。

「……まだまだ飲《の》めるぜ」

なんていうナゾの寝言《ねごと》を聞《き》いたときには、正直《しょうじき》「変《か》わった子《こ》だなぁ」って思《おも》っちゃったよ。

その田中《たなか》くんは、4時間目《じかんめ》が終《お》わったチャイムを聞《き》くと、別人《べつじん》みたいに変《か》わったんだ。

だって、田中《たなか》くんにとって、4時間目終《じかんめお》わりのチャイムは、給食《きゅうしょく》の始《はじ》まりのチャイムなんだから。

——オレの血《ち》は、牛乳《ぎゅうにゅう》でできている！

田中《たなか》くんは、叫《さけ》んだ。

そこからの時間《じかん》は、完全《かんぜん》に、田中《たなか》くんがクラスの中心《ちゅうしん》だった。

日直《にっちょく》の「いただきます」のあと、田中《たなか》くんは歌《うた》い、踊《おど》り、牛乳《ぎゅうにゅう》を飲《の》み干《ほ》し、給食《きゅうしょく》の時間《じかん》をもりあげた。

もちろん、ただやかましいだけの男《おとこ》の子《こ》じゃない。

給食《きゅうしょく》で困《こま》ったことがあれば、田中《たなか》くんはぜんぶ解決《かいけつ》してくれる。

ぼくがノリオに無理《むり》やり牛乳《ぎゅうにゅう》を飲《の》まされそうになったときも、解決《かいけつ》してくれたのは田中《たなか》くんだった。

「なぁ、ミノル」

「ん?」

顔《かお》をあげると、ロベルトは、真剣《しんけん》な顔《かお》でぼくを見《み》ていた。

「これ、使《つか》えよ」

「え?」

ロベルトは、自分《じぶん》がユウナちゃんから借《か》りたはずのハンカチをぼくにさしだした。

どうやら。

いつの間《ま》にか。

ぼくは、田中《たなか》くんが転校《てんこう》するさみしさに負《ま》けて、泣《な》いていたみたいだ。

でもそのハンカチは。

「……ふふふ。うん、ロベルト」

ロベルトのなみだですっかりびしゃびしゃだったから、これ以上《いじょう》のなみだはふけなかった。

「ありがとう」

気持《きも》ちだけもらって、ハンカチはかえした。

ぼくは服《ふく》のそででなみだをふくと、はっきりとつづける。

「ぼくはいままでずっと、田中《たなか》くんには本当《ほんとう》に助《たす》けてもらってきたんだよ」

田中《たなか》くんのおかげで、ぼくはきらいだった牛乳《ぎゅうにゅう》を飲《の》めるようになった。

田中《たなか》くんのおかげで、きらいなものでも食《た》べてみようかなって思《おも》えるようになった。

田中《たなか》くんのおかげで、生《う》まれて初《はじ》めて、給食《きゅうしょく》の時間《じかん》が楽《たの》しいと思《おも》えた。

田中《たなか》くんはいつでも、ぼくを支《ささ》えてくれていた。

「そんな一番仲《いちばんなか》のいい友《とも》だちがいなくなっちゃうなんてさぁ……」

知《し》り合《あ》ってから、いままでずっと。

田中《たなか》くんは、ぼくの一番《いちばん》の親友《しんゆう》だ。

「なんか、さみしくて、さみしくて……とにかく、さみしいとしかいえないよ」

ぼくはそれ以上《いじょう》、言葉《ことば》をつづけられなかった。

ミナミちゃんとノリオは、だまったままだ。


コトン。

しずかな中《なか》で、ユウナちゃんがチョークを置《お》いた。

「あたらしい学校《がっこう》にいくなんて、わたしは田中《たなか》くんのことが心配《しんぱい》だなぁ」

「あああああ、そうだよなぁ」

教室《きょうしつ》のしずけさをぶちやぶって、ロベルトが泣《な》きそうな声《こえ》をあげる。

「田中《たなか》は、ちゃんと友《とも》だちできるかなぁ。遅刻《ちこく》とか、宿題忘《しゅくだいわす》れとか、心配《しんぱい》だよなぁ。早《はや》寝《ね》・早起《はやお》き、歯《は》みがき、近所《きんじょ》のひとへのおはようのあいさつ、手洗《てあら》い・うがい、できるかなぁ」

「……ロベルトくん、途中《とちゅう》から、なんかちがうよ」

とユウナちゃんがいっても、ロベルトはあんまり聞《き》いていない。

「通学路《つうがくろ》で道《みち》に迷《まよ》わないかなぁ。道《みち》に落《お》ちてるお菓子《かし》なんか、ひろって食《く》ったらダメだよなぁ……」

いらないことまで、けっこう本気《ほんき》で心配《しんぱい》していた。

「えーと。さて」

ユウナちゃんはチョークを持《も》って、話題《わだい》を戻《もど》す。

「で、お別《わか》れ会《かい》の計画《けいかく》ですが、なにかやりたいことのあるひとはいますか？」

それぞれが、考《かんが》えをだしていく。

「当日《とうじつ》の給食《きゅうしょく》のもりつけはうちにまかせてや。お別《わか》れ会《かい》って特別《とくべつ》な日《ひ》やから、ちょっとゴージャスな感《かん》じで考《かんが》えてみるわ」

「オレは男子《だんし》に声《こえ》をかけて、なにかおもしろいことをしてやろう。おもしろいぞ。おもしろいんだ。ふへへへへへへ」

「オイラはレクでダンスをしたいよ。田中《たなか》に見《み》せておどろかせたいよ」

「わたしは、体育館《たいいくかん》にキレイなかざりつけをしたいなぁ」

田中《たなか》くんのお別《わか》れ会《かい》でなにをしたいか。

みんなでいっしょうけんめい考《かんが》えた。

「おい、ミノル。だまってねぇで、おまえもなんか意見《いけん》をいえよ」

ノリオがぼくをせかした。

4人《にん》でぼくを見《み》て、意見《いけん》をいうのを待《ま》っている。

「ぼくは……、田中《たなか》くんにメッセージを伝《つた》える時間《じかん》をつくりたいなぁ」

「おおっ、ミノル。それはええな！」

ぼくたちは、どんどん意見《いけん》をだしていった。

だから、あたり前《まえ》なんだけど、どんどんやることは決《き》まっていった。

でも。

どんどん、お別《わか》れ会《かい》でやることが決《き》まっていくほど――。

「……田中《たなか》くん、本当《ほんとう》にひっこしちゃうんだなぁ」

どんどん、ぼくはさみしくなった。

2杯目《はいめ》

お別《わか》れ会《かい》の当日《とうじつ》に……トラブル発生《はっせい》！

次《つぎ》の日《ひ》。


5年《ねん》1組《くみ》のみんなは、朝《あさ》から大《おお》いそがしだった。

体育館《たいいくかん》のかざりつけのためにおり紙《かみ》をきったり、田中《たなか》くんへの寄《よ》せ書《が》きの色紙《しきし》をクラスみんなにまわしたり。

1時間目《じかんめ》のあとの5分休《ふんやす》みだって、いっしょうけんめい作業《さぎょう》をした。

それもこれも、みんな田中《たなか》くんのためだった。

20分休《ぷんやす》みのことだ。

「なぁ、ミノル」

となりの席《せき》の田中《たなか》くんが、ぼくに声《こえ》をかけた。

「ちょっと聞《き》いてもいいか？」

本当《ほんとう》は、こっそりお別《わか》れ会《かい》の準備《じゅんび》をして、田中《たなか》くんをおどろかせようと思《おも》っていたんだけど。

「もしかして、あれってさぁ……」

となんだか気《き》まずそうな田中《たなか》くんは、クラスでまわされていた寄《よ》せ書《が》きを指《ゆび》さしている。

「あ。いや、あの、これはね……」

と困《こま》ってしまったぼくを、ノリオが、見《み》つけた。

「あああああっ。ちがうぞ、田中《たなか》っ」

どどどどっとダッシュして、寄《よ》せ書《が》きと田中《たなか》くんの間《あいだ》にノリオは割《わ》りこんだ。

大《おお》きな丸顔《まるがお》を、ぐいっと田中《たなか》くんに近《ちか》づける。

きっと田中《たなか》くんの目《め》の前《まえ》は、鼻毛《はなげ》がチョロンと「コンニチハ☺」したノリオの顔《かお》でいっぱいだろう。

「オレたちはいま、明日《あした》の田中《たなか》のお別《わか》れ会《かい》を盛大《せいだい》にやろうと、みんなで準備《じゅんび》をがんばっているわけじゃないんだ！」

ちょっと、ノリオ！

自分《じぶん》からバラしちゃってるじゃん！

「あとな、田中《たなか》。いま、となりのクラスには、いくなよ」

「となりの、クラス？」

いわれた田中《たなか》くんは、５年《ねん》２組《くみ》との間《あいだ》にある壁《かべ》をチラッと見《み》た。

「ああもうっ、見《み》るんじゃやない！」

ノリオは田中《たなか》くんの顔《かお》を両手《りょうて》でつかんだ。

えいっと、自分《じぶん》にむけなおす。

「いまとなりのクラスでは、ロベルトを中心《ちゅうしん》に田中《たなか》のお別《わか》れ会用《かいよう》のダンスを練習《れんしゅう》しているわけじゃないんだ！　踊《おど》ってなんかいないんだ」

……ダメだよ、ノリオ。

どんどん、ヒミツがバレていくよ。

ノリオの言葉《ことば》に、クラスのみんながかたまる。

「とにかくっ、となりのクラスには、いくなよ！　いくなよ！　ぜ〜ったいに、いくなよ！」

田中《たなか》くんは、目《め》をパチパチしたそのあとで。

「お、お、おう。そうだなっ」

ノリオにむけて、あわててつづけた。

「オレは、気《き》がついてないぞ！」

え？

どう考《かんが》えたって、田中《たなか》くんは自分《じぶん》のためのお別《わか》れ会《かい》があることに、すっかり気《き》がついていた。

けれども、田中《たなか》くんは気《き》をつかった。

なんとかごまかそうとして、ノリオみたいなことをいう。

「オレは、みんながオレのためにお別《わか》れ会《かい》をやろうとしていることになんて、ぜんぜん、気《き》がついていないからな！」

クラスのみんなが「あーあ、バレちゃったかぁ」と少《すこ》しだけ残念《ざんねん》そうな顔《かお》をする中《なか》で。

「……ふ〜、あぶねぇ」

ノリオだけは、こそこそと、おでこの汗《あせ》をふいていた。

「もう少《すこ》しでバレるところだったぜぇ」

いやいや、ノリオ！

田中《たなか》くんにバレちゃったよ！

＊

昼休《ひるやす》みになった。

「なぁ、ミノル。ちょっと、こっちきてや」

ミナミちゃんの手《て》まねきに、ぼくは近《ちか》づく。

「どうしたの、ミナミちゃん？」

「田中《たなか》を、教室《きょうしつ》から外《そと》へつれていってくれるか」

ミナミちゃんは、チラッと、遠《とお》くの田中《たなか》くんを見《み》た。

「ノリオのせいで、田中《たなか》にお別《わか》れ会《かい》のことは完全《かんぜん》にバレてもうたけどな」

少《すこ》しだけあきれた顔《かお》でつづけた。

「教室《きょうしつ》にいる田中《たなか》に、変《へん》に気《き》ぃつかわせるのも悪《わる》いやん？　見《み》てみ。あの気《き》まずそうな田《た》中《なか》の顔《かお》」

ミナミちゃんの視線《しせん》の先《さき》には。

「田中《たなか》くんも、これ、明日《あした》までに書《か》いておいてね」

クラスのとぼけた女《おんな》の子《こ》から、まちがえて寄《よ》せ書《が》きの色紙《しきし》を渡《わた》されて、自分《じぶん》への転校《てんこう》のメッセージを書《か》かされそうになってすっかり困《こま》っている田中《たなか》くんがいた。

「ふたりで外《そと》で、なんかしゃべってきてや」

「うん、そうだね」

ぼくは田中《たなか》くんのところへいくと、「校庭《こうてい》にいこうよ」と呼《よ》びかけた。

「おう」

田中《たなか》くんは席《せき》を立《た》って、ぼくと一緒《いっしょ》に教室《きょうしつ》からでた。

廊下《ろうか》で、ふたりきりになると。

ぼくはどうしてもがまんができなかった。

「田中《たなか》くんの転校《てんこう》ってさ」

歩《ある》きながら、田中《たなか》くんに聞《き》いてみた。

「もしかして、給食皇帝《ロイヤルマスター》からの指令《しれい》のせいなの？」

「えっ？」

田中《たなか》くんは目《め》を大《おお》きくしておどろいた。

「それはちがうぞ、ミノル」

「本当《ほんとう》に？」

「ああ、本当《ほんとう》だ」

田中《たなか》くんがそういっているんだから、ウソではないんだと思《おも》う。

「じつは、みんなには、いっていないんだけどな……」

田中《たなか》くんはぼくだけに、そっとヒミツを教《おし》えてくれた。

意外《いがい》だった。

だって、転校《てんこう》をしてしまうっていうのに……。

このときヒミツをうちあけてくれた田中《たなか》くんの声《こえ》は、よろこびでいっぱいだったから。

「世界一周《せかいいっしゅう》の旅《たび》から、父《とう》さんが帰《かえ》ってくるんだぜっ」

「ええええっ？」

田中《たなか》くんのお父《とう》さんは世界一周客船《せかいいっしゅうきゃくせん》でシェフをしながら、世界《せかい》の貴重《きちょう》な食材《しょくざい》をさがしている。その貴重《きちょう》な『レア・フード』を、必要《ひつよう》なひとたちに届《とど》けている給食《きゅうしょく》マスターだ。

そのお父《とう》さんが、田中《たなか》くんのところに帰《かえ》ってくる！

「それはよかったね、田中《たなか》くん！」

「ばあちゃんと父《とう》さんとオレと、もうすぐ3人一緒《にんいっしょ》に暮《く》らせるんだっ」

と聞《き》いた瞬間《しゅんかん》、ぼくの顔《かお》が勝手《かって》にくもった。

ああ、そうか。

きっと、だから、転校《てんこう》しちゃうのかな？

それにしても田中《たなか》くん……ものすごくうれしそうな顔《かお》をしているなぁ。

田中《たなか》くんが転校《てんこう》してしまうって聞《き》いて、ぼくはこんなにかなしいのに。

でも。

余計《よけい》なことをいって、よろこんでいる田中《たなか》くんをかなしませたくはないよ。

廊下《ろうか》を歩《ある》いて、下駄箱《げたばこ》に到着《とうちゃく》するころには、ぼくはそんなことを思《おも》っていた。

*

外《そと》へでると、昼休《ひるやす》みの校庭《こうてい》は、にぎやかだった。

目《め》の前《まえ》の校庭《こうてい》では、ドッジボールや大《おお》なわとびなどで、みんな自由《じゆう》にあそんでいる。

ぼくたちは校舎《こうしゃ》に背中《せなか》をむけて、朝礼台《ちょうれいだい》に並《なら》んで座《すわ》った。

「ねぇ、田中《たなか》くん」

ぼくは転校《てんこう》してからのことを、田中《たなか》くんに聞《き》いてみた。

「あたらしい学校《がっこう》でも、田中《たなか》くんは『牛乳《ぎゅうにゅう》カンパイ係《がかり》』をやるの？」

「そりゃ、やりたいよ！」

明《あか》るく返事《へんじ》をする田中《たなか》くん。

「オレは小《しょう》1からずーっと、『牛乳《ぎゅうにゅう》カンパイ係《がかり》』なんだぜ」

「なんでなの？」

「なんでって」

田中《たなか》くんは、ちょっとふざけてこたえた。

「給食《きゅうしょく》をオレよりもりもりあげられるやつはいないだろ？」

「あ、ごめん。そうじゃなくてさ」

「ん？」

「ぼくの聞《き》き方《かた》がおかしかったよ」

首《くび》をかしげている田中《たなか》くんに、ぼくは聞《き》きなおした。

「なんで、田中《たなか》くんは、牛乳《ぎゅうにゅう》カンパイ係《がかり》を始《はじ》めたの？」

「ああ、そういうことか」

田中《たなか》くんは説明《せつめい》を始《はじ》める。

「オレの父《とう》さんって、いつも世界《せかい》をまわってるだろ？」

「うん」

「オレがちっちゃかったころ、そのことで、ばあちゃんを困《こま》らせたことがあったんだ」

「おばあちゃんを、困《こま》らせた？」

あるとき、世界《せかい》に旅立《たびだ》つお父《とう》さんを、田中《たなか》くんは朝《あさ》の玄関《げんかん》でひきとめた。

さんざん泣《な》いて、それでもひきとめることはできなくて、田中《たなか》くんは本当《ほんとう》におちこんだらしい。

「その日《ひ》の夕食《ゆうしょく》まで、一日中《いちにちじゅう》、オレ、ずーっとだまって下《した》をむいていたんだ」

そんなの、ふだんの給食《きゅうしょく》の時間《じかん》の元気《げんき》な田中《たなか》くんからは、ぜんぜん想像《そうぞう》ができなかった。

「それはきっと、ものすごーくおちこんだんだね」

「ああ。でな、おちこんだオレに、ばあちゃんがいったんだ。『下《した》ばっかり見《み》てたら、お父《とう》さんが帰《かえ》ってきても気《き》がつかないよ』って」

「どういうこと？」

「うーん……」

田中《たなか》くんは頭《あたま》をかいた。

「まぁ、きっとじょうだんをいって、はげましてくれたんだと思《おも》う。でな、大事《だいじ》なのは、ここからなんだ」

田中《たなか》くんのおばあちゃんは、牛乳《ぎゅうにゅう》をふたり分《ぶん》、ガラスのコップに用意《ようい》したらしい。

下《した》をむいたままの田中《たなか》くんに、おばあちゃんは聞《き》いた。

「食太《たべた》。あんた、牛乳好《ぎゅうにゅうす》きでしょ？」

「……うん」

「お父《とう》さんが無事《ぶじ》に帰《かえ》ってくることをいのって、カンパイしようか」

おばあちゃんにいわれたとおりに、田中《たなか》くんは牛乳《ぎゅうにゅう》のコップを手《て》に持《も》った。

「ほら、食太《たべた》。カンパーイ」

そこで初《はじ》めて。

田中《たなか》くんは、ずーっと下《した》にむけていた顔《かお》をあげたらしい。

カチリ。

「そのときだったんだよなぁ」

田中《たなか》くんは、なつかしそうに教《おし》えてくれる。

「顔《かお》をあげて、笑顔《えがお》のばあちゃんとコップをカチンとぶつけた音《おと》を聞《き》いたときに、かなしくていやな気持《きも》ちがすーっと消《き》えた気《き》がしたんだよ」

「へぇ、そうなんだぁ」

ぼくはつづけた。

「カンパイでいやな気持《きも》ちが消《き》えたなんて、ふしぎだね」

「うーん、ミノル。……きっと、ふしぎじゃないぞ」

「え、そうかな？」

「だってさぁ」

田中《たなか》くんは、いいきった。


「カンパイってさ、顔《かお》が、ぜったいに下《した》をむかないんだ」


「え、どういうこと？」

田中《たなか》くんはにこにこしている。

朝礼台《ちょうれいだい》に座《すわ》ったたまま、コップを持《も》ったフリをした。

明《あか》るい声《こえ》で「カンパーイ！」と、その手《て》を空《そら》にむけて高《たか》くあげた。

「どんなにいやなことがあっても、どんなにおちこんでいても、カンパイするときって、前《まえ》を見《み》るだろ？　顔《かお》を上《うえ》にあげるだろ？」

「えーと……」

ぼくは考《かんが》えてみた。

やろうと思《おも》えば下《した》をむきながらだって、カンパイできるかもしれない。けれども、たぶんそれってカンパイじゃなくて、ただコップをぶつけただけって感《かん》じがする。

カンパイしてるひとの顔《かお》って、明《あか》るい。

たしかに、前《まえ》や上《うえ》をむいている気《き》がした。

「あー。なんか、それ、わかるかもね」

「あのとき、顔《かお》を上《うえ》にむけただけなのに、意外《いがい》と元気《げんき》になれたんだよな」

楽《たの》しいなら、わらうのがふつうだ。

けど、わらっているうちになんだか楽《たの》しくなってくることだってある。

かなしいなら、下《した》をむくのがふつうだ。

けど、カンパイするときみたいにぐっと顔《かお》を上《うえ》にむければ、かなしい気持《きも》ちは、すーっと消《き》えるのかもしれない。

田中《たなか》くんが経験《けいけん》したみたいに。

「しかもカンパイするときってさぁ、『カンパイしようぜ』っていってくれるひとが、かならず自分《じぶん》の目《め》の前《まえ》にいるんだよな」

コップを持《も》つフリをした田中《たなか》くんは、今度《こんど》はぼくにむけてカンパイをしてきた。

「自分《じぶん》のことを気《き》にしてくれているひとが、目《め》の前《まえ》にいるってことなんだ」

目《め》の前《まえ》の田中《たなか》くんは、にこにこと告《つ》げた。

「これってすげーなって、オレ、いっつも思《おも》うんだよ」

そうか。

きっと田中《たなか》くんは、自分《じぶん》がおばあちゃんからやってもらったことを、みんなにやってあげていたんだ。

田中《たなか》くんが『牛乳《ぎゅうにゅう》カンパイ係《がかり》』を大事《だいじ》に思《おも》っている理由《りゆう》がわかり、ぼくは本当《ほんとう》に感心《かんしん》した。

「まぁ、でも……」

え？

急《きゅう》に、田中《たなか》くんは顔《かお》をしかめた。

なにかいやなことでも思《おも》いだしたのかな？

チラッとふりかえった目線《めせん》の先《さき》は、５年《ねん》１組《くみ》のあたりだった。

「ノリオみたいに、カンパイしてから無理《むり》やり飲《の》ませてくるヤツが自分《じぶん》の目《め》の前《まえ》にいるときは、本当《ほんとう》に困《こま》っちゃうけどな」

「ははは。そうだね。あれは迷惑《めいわく》だよねぇ」

それから。

ふたり、しずかになってしまった。

朝礼台《ちょうれいだい》に並《なら》んで座《すわ》りながら、ぼーっと校庭《こうてい》であそぶみんなを見《み》ていた。

本当《ほんとう》は、ぼくにはいいたいことがあった。

田中《たなか》くんには、転校《てんこう》なんてしてほしくないよ！

でも、ひっこし先《さき》でのあたらしい暮《く》らしを楽《たの》しみにしている田中《たなか》くんの笑顔《えがお》を見《み》ちゃうと、そんなことはぜったいにいえなかった。

「ねぇ、田中《たなか》くん」

「なんだ、ミノル？」

……ダメだ。

やっぱり、いえない。

「あ。いや。なんでもない。なんでもなかったよ」

「なんだよ、それ。はははは」

田中《たなか》くんの笑顔《えがお》に合《あ》わせて、ぼくは、がんばってわらった。

＊

その日《ひ》の放課後《ほうかご》。

5年《ねん》1組《くみ》の教室《きょうしつ》では、お別《わか》れ会《かい》に使《つか》う紙《かみ》の花《はな》などをみんなでつくっていた。

となりのクラスや他《ほか》の学年《がくねん》からも、田中《たなか》くんのためにたくさんの子《こ》が集《あつ》まっている。

ロベルトだって、もちろんいる。

「ふ〜、ミッション終了《しゅうりょう》だぜ〜」

おでこをふく動《うご》きをしながら、ノリオが教室《きょうしつ》に戻《もど》ってきた。

「田中《たなか》は無事《ぶじ》に帰《かえ》ったぞ。お別《わか》れ会《かい》のことがバレないように、校門《こうもん》までオレが見送《みおく》ってやったんだ」

「え、ノリオ？　まだ田中《たなか》くんにバレてないと思《おも》ってたの？」

ぼくは思《おも》わずそういってしまったんだけど。

「ん、ミノル？　なんかいったか？」

あわてて、ぼくは首《くび》を横《よこ》にふった。

「ああ、オレはなんてやさしいんだ！」

ノリオは鼻毛《はなげ》を丸《まる》だしにして、「どうだ！」と胸《むね》をはっていた。

ああ、そうか。

ノリオはノリオのやり方《かた》で、田中《たなか》くんのためにいっしょうけんめいなのか。

そんなうれしそうなノリオを見《み》ていたら、わざわざ「もうバレてるよ」なんていわなくったっていい気《き》がぼくにはした。


「みなさん。おそい時間《じかん》まで、たいへんがんばっていますね」

途中《とちゅう》で、多田見《ただみ》先生《せんせい》が様子《ようす》を見《み》にきてくれた。

「ああ。体育館《たいいくかん》にかざるお花《はな》をつくっていたのですか。どれどれ」

といって先生《せんせい》は、ぼくのとなりのイスに座《すわ》った。

紙《かみ》をおったり、ホッチキスでとめたり。

ぼくたちの作業《さぎょう》を手《て》つだってくれる。

「みんながこんなにいっしょうけんめいになってくれるなんて、やっぱり田中《たなか》くんの存在《そんざい》は、とても大《おお》きいのですねぇ」

たしかにそうだった。

明日《あした》の給食《きゅうしょく》の時間《じかん》のお別《わか》れ会《かい》のために、学校中《がっこうじゅう》が準備《じゅんび》をしていた。

そんなの、ふつうはありえない。

「あの、多田見先生《ただみせんせい》？」

ぼくは、ちょっと気《き》になっていたことを聞《き》いてみた。

「昨日《きのう》の昼休《ひるやす》みに、田中《たなか》くんを、校内放送《こうないほうそう》で呼《よ》びましたよね？」

「ええ」

あのとき職員室《しょくいんしつ》へいったので、田中《たなか》くんはミナミちゃんの「なにかかくしてる」という言葉《ことば》にはこたえなかった。

「なんの話《はなし》を、したんですか？」

「えーと。そうですねぇ……」

先生《せんせい》は、いいにくそうだった。

「今回《こんかい》の転校《てんこう》について、田中《たなか》くんに、かくにんしておきたいことがあったのです」

「それって、なんですか？」

しばらく考《かんが》えてから、多田見先生《ただみせんせい》は話《はな》し始《はじ》めた。

「田中《たなか》くんは、転校《てんこう》する小学校《しょうがっこう》や、ひっこし先《さき》を、みなさんに教《おし》えていませんね」

ぼくたちは、うなずいた。

「先生《せんせい》は、そこを気《き》にしているんです」

「だったら、先生《せんせい》っ」

ミナミちゃんが強《つよ》くおねがいした。

「田中《たなか》がどこの小学校《しょうがっこう》に転校《てんこう》するのか、教《おし》えてくださいっ」

先生《せんせい》は首《くび》を横《よこ》にふる。

「昨日《きのう》、職員室《しょくいんしつ》にきてもらったときに、田中《たなか》くんは『みんなには教《おし》えなくていいです』といっていました」

えっ。

田中《たなか》くん、そんなことをいっていたのっ？

「ですから、田中《たなか》くんのひっこし先《さき》を、先生《せんせい》が勝手《かって》に教《おし》えることはできません」

聞《き》いていたみんなはがっかりしてしまい、空気《くうき》が重《おも》くなる。

「ああ、みなさん。しかしですよ」

先生《せんせい》は立《た》ちあがると、黒板《こくばん》へむかった。

「そんなにかなしむことはないのです」

チョークを手《て》にとり、黒板《こくばん》に文字《もじ》を書《か》いた。

絆《きずな》

「『絆《きずな》』という字《じ》は、『糸《いとへん》』に『半《はん》』と書《か》きます」

黒板《こくばん》に書《か》かれたのは、ふだん学校《がっこう》で使《つか》わない漢字《かんじ》だ。

しかも『絆《きずな》』の右側《みぎがわ》をよく見《み》れ

ば、『半《はん》』とはちょっとちがう気《き》がする。

「むかしは半分《はんぶん》の『半《はん》』を、このように書《か》いたのですね」

先生《せんせい》は、ぼくたちが見慣《みな》れない漢字《かんじ》に困《こま》っているのをわかって、ゆっくりと説明《せつめい》してくれた。

「糸《いと》は、細長《ほそなが》いものです。ですから『糸《いとへん》』には、『つながる』とか『つづく』という意味《いみ》があります。そして右側《みぎがわ》の『半《はん》』はもともと、牛《うし》をあらわす字《じ》だったのですが……」

「なにぃ、牛《うし》だとっ？」

急《きゅう》なノリオの大声《おおごえ》に、ぼくたちはおどろいた。

「ははーん。さては、先生《せんせい》。牛乳《ぎゅうにゅう》の話《はなし》ですねっ」

「え、大久保《おおくぼ》くん？」

先生《せんせい》だっておどろいた。

「牛乳《ぎゅうにゅう》の話《はなし》とは、いったい……？」

少《すこ》し困《こま》った顔《かお》になる。

「『絆《きずな》』に、牛乳《ぎゅうにゅう》は、関係《かんけい》ないのですが……」

そんな先生《せんせい》の言葉《ことば》なんか聞《き》いちゃいない。

ノリオはつづけた。

「ふむふむ。糸《いと》は細長《ほそなが》いから、『つづく』という意味《いみ》なのか。で、牛《うし》。ふーむ、ふむふむ。牛乳《ぎゅうにゅう》。つづく。ということは……先生《せんせい》、オレにいわせてください！」

立《た》ちあがって、胸《むね》をはった。

「『絆《きずな》』っていう字《じ》には、『牛乳《ぎゅうにゅう》を飲《の》みつづける』っていう、『牛乳《ぎゅうにゅう》カンパイ係《がかり》』の田中《たなか》にピッタリの意味《いみ》があるんですねっ？」

鼻毛丸《はなげまる》だしで胸《むね》をはるノリオに、多田見先生《ただみせんせい》は困《こま》り顔《がお》で注意《ちゅうい》する。

「ですから、牛乳《ぎゅうにゅう》は関係《かんけい》ないのですよ、大久保《おおくぼ》くん」

「へ？」

「先生《せんせい》の話《はなし》を、きちんと聞《き》いてください」

ここでやっと勘《かん》ちがいに気《き》づいたノリオは、照《て》れて「へへへ」と頭《あたま》をかいた。

「『絆《きずな》』という字《じ》には、『ひととひととのつながり』という意味《いみ》があるのです」

先生《せんせい》はチョークを置《お》いて、ぼくたちを見《み》る。

「友《とも》だちは、ずっと友《とも》だちなんですよ」

にこにこと、先生《せんせい》はつづける。

「みなさんと田中《たなか》くんとの間《あいだ》には『絆《きずな》』があります。それぞれが細長《ほそなが》い『糸《いと》』でつながっています。少《すこ》しくらいはなれたって、そのつながりはずっと『つづく』はずだと、先生《せんせい》は思《おも》っているんですね」

「細長《ほそなが》い糸《いと》で、つながってるのかぁ」

ロベルトはたしかめるように先生《せんせい》の言葉《ことば》をつぶやいた。

「……ああっ」

すぐに叫《さけ》んで、ぱぁっと明《あか》るい顔《かお》を見《み》せる。

「なんだかナットウみたいだな！」

ロベルトは田中《たなか》くんと給食《きゅうしょく》マスターの座《ざ》をかけて『納豆対決《なっとうたいけつ》』をしたことがある。

だから、そんなことを思《おも》ったのかもしれない。

「へへへへへ。でもよぉ、ロベルト」

ノリオがロベルトをからかった。

「納豆《なっとう》の糸《いと》は、遠《とお》くまでのびたらきれちまうぜ？　へへへへへ」

「……あ」

さっきまで明《あか》るかったのに。

ロベルトの顔《かお》が、今度《こんど》はかなしそうな表情《ひょうじょう》に早変《はやが》わり。

「ああああああっ、ホントだぁ！」

「こらノリオ、いらんことをいうな！」

ロベルトをからかうノリオを、ミナミちゃんが注意《ちゅうい》した。

「田中《たなか》が遠《とお》くにひっこしたら、つながってた糸《いと》がきれちゃうよぉぉぉ」

「ほれ見《み》ろっ。まーた泣《な》きだしたやんけ！」

田中《たなか》くんがどこに転校《てんこう》するのかは、わからないけれど。

遠《とお》い場所《ばしょ》じゃなければいいな。

ぼくはこのときそう思《おも》っていた。

「でも、先生《せんせい》……っ」

突然《とつぜん》、ユウナちゃんが声《こえ》をあげた。

それは小《ちい》さな声《こえ》だったけど、とても強《つよ》い声《こえ》でもあった。

「田中《たなか》くんと毎日《まいにち》会《あ》えなくなったら……ずっと友《とも》だちだったとしても、わたしは、やっぱりかなしいです」

ユウナちゃんは、つくり途中《とちゅう》だったかざりの花《はな》を机《つくえ》の上《うえ》に置《お》いた。

「わたしやっぱりかなしくて、明日《あした》のお別《わか》れ会《かい》で、田中《たなか》くんを明《あか》るく送《おく》りだせないかもしれません」

そのまま、下《した》をむいてしまった。

このとき。

下《した》をむいてしまったユウナちゃんを見《み》ていたぼくの頭《あたま》の中《なか》には……。

昼休《ひるやす》みに聞《き》いた田中《たなか》くんの声《こえ》がひびいたんだ。


──カンパイってさ、顔《かお》が、ぜったいに下《した》をむかないんだ。

「ねぇ、ユウナちゃん」

下《した》をむいていたユウナちゃんに、気《き》づけばぼくは、声《こえ》をかけていた。

「明日《あした》は明《あか》るく、カンパイしようよ！」

かなしくても、下《した》をむいてちゃ、ダメなんだ。

ぼくは田中《たなか》くんの言葉《ことば》を思《おも》いだして、そう思《おも》った。

「ミノルくん。なにをいっているの？」

かなしそうな顔《かお》のまま、ユウナちゃんが聞《き》いてきた。

「お別《わか》れなのに、明《あか》るくカンパイって……ちょっとそれ、ひどくないかな？」

「そうじゃないよ、ユウナちゃん」

急《きゅう》なぼくの発言《はつげん》に、みんなは様子《ようす》をうかがっている。

「だって明日《あした》は、田中《たなか》くんとぼくたちの、さいごの給食《きゅうしょく》なんだよ。だから、ぼくたちが下《した》をむいてたら、よくないと思《おも》うんだよね」

「どういうこと？」

ユウナちゃんは首《くび》をかしげたけど。

「そりゃかなしいのはみんな一緒《いっしょ》だよ。でもね」

ぼくの話《はなし》を、ユウナちゃんは真剣《しんけん》に聞《き》いてくれている。

「自分《じぶん》の転校《てんこう》のせいで給食《きゅうしょく》がしーんとしたつらい時間《じかん》になるのは、田中《たなか》くん、きっといやなんじゃないのかな」


「……ああ。それは、そうかもしれないね」

少《すこ》し納得《なっとく》し始《はじ》めたユウナちゃん。

ミナミちゃんが口《くち》をひらく。

「せやな。田中《たなか》は給食《きゅうしょく》をもりあげるのに命《いのち》をかけとるもんなぁ」

「そうなんだよ」

ぼくは教室《きょうしつ》にいるみんなを見《み》た。

「だから明日《あした》の、さいごの給食《きゅうしょく》はさぁ、明《あか》るく元気《げんき》な時間《じかん》にしたいんだ」

ここに集《あつ》まってくれたたくさんの子《こ》たちと、順《じゅん》に目《め》を合《あ》わせていく。

「みんなで楽《たの》しく食《た》べて、田中《たなか》くんを送《おく》ってあげようよ！」

【みんなで、楽《たの》しく、食《た》べる】

それは、田中《たなか》くんがとても大事《だいじ》にしている考《かんが》え方《かた》だ。

「そうかぁ。田中《たなか》との、さいごの給食《きゅうしょく》なんだなぁ」

腕《うで》を組《く》んだノリオがつぶやき、少《すこ》し、時間《じかん》があいた。

それから、ユウナちゃんも、ノリオも、ミナミちゃんも、ロベルトも。

教室《きょうしつ》にいた子《こ》たちもみんな、次々《つぎつぎ》に「うん」とうなずいてくれた。

＊

そうして。

とうとう、金曜日《きんようび》がやってきた。

今日《きょう》のお別《わか》れ会《かい》を意識《いしき》して、みんな、朝《あさ》からおちつかない。

なんとなくみんながそわそわしたまま、1時間目《じかんめ》の国語《こくご》が始《はじ》まった。

トラブルは——その1時間目《じかんめ》がもう少《すこ》しで終《お》わるころに起《お》こった。

ふっ。

教室《きょうしつ》の、電気《でんき》が消《き》えた。

もちろん外《そと》は明《あか》るいから、電気《でんき》が消《き》えたって真《ま》っ暗《くら》にはならない。

「「「きゃーーっ！」」」

「「「うおーーっ！」」」

それでもいつもとちがううす暗《ぐら》い教室《きょうしつ》の様子《ようす》に、女子《じょし》も男子《だんし》も声《こえ》をあげ、授業《じゅぎょう》どころではなくなった。

「おやおや、どうしたのでしょうかねぇ？」

多田見先生《ただみせんせい》は心配《しんぱい》そうに、消《き》えた蛍光灯《けいこうとう》を見《み》あげていた。

すると。

しばらく、時間《じかん》がたってから。

ピンポンパンポ～ン。

校内放送《こうないほうそう》の呼《よ》びだし音《おん》が鳴《な》った。

みんなが教室《きょうしつ》のスピーカーに注目《ちゅうもく》する。

『え～、御石井小学校《おいしいしょうがっこう》のみなさん。え～、おはようございます。え～、おはようございます。え～、本日《ほんじつ》は～、え～、晴天《せいてん》にもめぐまれ～、え～』

この声《こえ》は、校長先生《こうちょうせんせい》だ。

朝礼《ちょうれい》のときと同《おな》じように、「え～」がめちゃくちゃ多《おお》かった。

ぼくは田中《たなか》くんと顔《かお》を見合《みあ》わせる。

「校長先生《こうちょうせんせい》が授業中《じゅぎょうちゅう》に放送《ほうそう》をするなんてめずらしいね」

「おう。きっと、緊急事態《きんきゅうじたい》だな」

『ただいま～、え～、御石井小学校《おいしいしょうがっこう》には～、電気《でんき》がとおらなくなっております～。え～、原因《げんいん》は～、え～、わかりません～。え～、なおりません～』

なおりませんって！

そんな、テキトーすぎるよ！

『え～、この放送《ほうそう》は～、え～、非常用《ひじょうよう》の予備《よび》の電源《でんげん》でおこなっておりますが～、え～、そう長《なが》くはもちません〜』

クラスのみんながしゃべる。

「停電《ていでん》ってこと？」

「なにかが故障《こしょう》したのかな？」

『え〜、ですから〜、え〜、しかたがないのですが〜、え〜、たいへん残念《ざんねん》ではありますが〜、え〜……』

なかなか進《すす》まないしゃべり方《かた》で。

やっと、校長先生《こうちょうせんせい》は急《きゅう》な放送《ほうそう》の目的《もくてき》をしゃべった。

『本日《ほんじつ》の給食《きゅうしょく》は〜、え〜、中止《ちゅうし》です〜。え〜、電気《でんき》がなければ〜、え〜、給食《きゅうしょく》はつくれません〜。え〜、4時間目《じかんめ》のあとで〜、え〜、すみやかに〜、え〜、下校《げこう》となります〜』

へ？

給食《きゅうしょく》が、中止《ちゅうし》？

心臓《しんぞう》がどくんと、ひとつ大《おお》きくいやな音《おと》を立《た》てた気《き》がした。

『え〜、本日《ほんじつ》の給食《きゅうしょく》は〜、え〜、停電《ていでん》により〜、え〜、中止《ちゅうし》です〜』

ピンポンパンポ〜ン。

……今日《きょう》の、給食《きゅうしょく》が、中止《ちゅうし》？

田中《たなか》くんのお別《わか》れ会《かい》が、中止《ちゅうし》？

ということは。

クラスのみんなも、ぼくとまったく同《おな》じことを思《おも》ったみたいだ。

「ちょっと待《ま》て！」

「停電《ていでん》って、外《そと》を見《み》ろよ！　道路《どうろ》の信号《しんごう》はついてるぜっ？」

「御石井小学校《おいしいしょうがっこう》だけが停電《ていでん》ってことなのっ？」

もうクラスは大《だい》パニック。

「ああ。みなさん。しずかにしてください」

多田見先生《ただみせんせい》が、なんとかクラスをおちつかせると。

「……ウソでしょ」

「せっかくがんばって準備《じゅんび》をしたのに」

今度《こんど》はみんな、がっくりと肩《かた》を落《お》として、教室《きょうしつ》には音《おと》がしなくなった。

ため息《いき》だって聞《き》こえなかった。

そのとき、1時間目《じかんめ》が終《お》わった。

がっかりした空気《くうき》でいっぱいのしずかな教室《きょうしつ》に、チャイムがひびくと……。

ガタン！

立《た》ちあがったのは、田中《たなか》くんだった。

「あっ、田中《たなか》くん！」

ダッシュで教室《きょうしつ》からでていった。

「ああああっ。田中《たなか》くん、どこにいくのっ？」

ぼくはあわててあとをおった。


田中《たなか》くんは、職員室《しょくいんしつ》にかけこんだ。

「おねがいします、校長先生《こうちょうせんせい》っ！」

校長先生《こうちょうせんせい》をつかまえて、真剣《しんけん》な顔《かお》でおねがいしている。

「しかしですね〜、電気《でんき》が使《つか》えないとですね〜、給食《きゅうしょく》はつくれないんですね〜」

「そんな！　なんとかならないんですかっ？」

田中《たなか》くんは校長先生《こうちょうせんせい》に近《ちか》づく。

「今日《きょう》でオレ、御石井小学校《おいしいしょうがっこう》の給食《きゅうしょく》がさいごなんです！　みんなが、オレのために、いろんな準備《じゅんび》をしてくれたんです！　4時間目《じかんめ》が終《お》わってすぐ下校《げこう》したら、みんなの努力《どりょく》がぜーんぶムダになっちゃうんです！」

校長先生《こうちょうせんせい》は困《こま》った顔《かお》のままだ。

田中《たなか》くんは真剣《しんけん》にしゃべる。

「それに、あったはずの給食《きゅうしょく》がなくなっちゃうなんて、こんなかなしいことってないですよ！」

「そうはいってもですね〜」

校長先生《こうちょうせんせい》は、いいにくそうだ。

「給食《きゅうしょく》の中止《ちゅうし》を決《き》めてすぐにですね〜、調理員《ちょうりいん》さんたちにはですね〜、今日《きょう》のところは帰《かえ》っていただいたんですね〜」

「えええっ！」

横《よこ》にいたぼくが叫《さけ》んだ。

「それって、給食《きゅうしょく》をつくれるひとが、いま学校《がっこう》にいないってことですか？」

顔《かお》をしかめた校長先生《こうちょうせんせい》が、「そうですね〜」とぼくにうなずいた。

ああ、そんなぁ……。

「お別《わか》れ会《かい》が、できないよ！」

困《こま》った顔《かお》の校長先生《こうちょうせんせい》を目《め》の前《まえ》に、田中《たなか》くんはなにか、じーっと考《かんが》えていた。

「……あっ！」

と声《こえ》をあげてすぐ、急《きゅう》に職員室《しょくいんしつ》を飛《と》びだした。

のは。

田中《たなか》くん、ではなかった。

「おい、ミノルっ？」

ぼくは、かけだした。

「どこにいくんだよっ？」

ぼくは階段《かいだん》をどんどんあがる。

今度《こんど》は田中《たなか》くんが、ぼくのあとをおいかける。

「田中《たなか》くん！　こっち、こっち！」

ぼくがいそいでむかった先《さき》は、３階《かい》だった。


「増田先輩《ますだせんぱい》！」

６年《ねん》１組《くみ》の教室《きょうしつ》をのぞいて、ぼくは増田先輩《ますだせんぱい》に声《こえ》をかけた。

おととい、増田先輩《ますだせんぱい》は、金曜日《きんようび》のお別《わか》れ会《かい》に参加《さんか》できるっていっていた。

ということは。

いつもいそがしい増田先輩《ますだせんぱい》だけれど、今日《きょう》は学校《がっこう》にいるはずだって考《かんが》えたんだ。

「おお、ミノルくん。田中《たなか》くんも」

教室《きょうしつ》の増田先輩《ますだせんぱい》は、ぼくたちに気《き》がついた。

「どうしたのかな？　もうすぐ２時間目《じかんめ》が始《はじ》まるよ」

増田先輩《ますだせんぱい》は赤《あか》いマントをひるがえしながら、わざわざ廊下《ろうか》まででてきて、ぼくたちに話《はなし》をしてくれた。

「おい、ミノル。待《ま》ってくれ」

ぼくがいそいで走《はし》ってきた理由《りゆう》を、増田先輩《ますだせんぱい》も田中《たなか》くんも知《し》らない。

「急《きゅう》に増田先輩《ますだせんぱい》のところへきて、どうしたんだ？」

ぼくは、増田先輩《ますだせんぱい》に助《たす》けてほしくてここへきていた。

「はぁ、はぁ。あの、先輩《せんぱい》、今日《きょう》の給食《きゅうしょく》が、はぁ、はぁ……」

ぼくが息《いき》をととのえていると。

「ああ、その話《はなし》は、本当《ほんとう》に残念《ざんねん》だったね」

増田先輩《ますだせんぱい》は困《こま》った顔《かお》で腕《うで》を組《く》んだ。

「今日《きょう》の給食《きゅうしょく》は、中止《ちゅうし》だ。このままなんにもしなければ、お別《わか》れ会《かい》はできないね」

お別《わか》れ会《かい》ができない。

そう聞《き》いただけで、ぼくは本当《ほんとう》につらかった。

「……助《たす》けてください、増田先輩《ますだせんぱい》」

「おやおや。ミノルくん？」

ぼくがここにきたのは、増田先輩《ますだせんぱい》に助《たす》けてほしかったからだ。

田中《たなか》くんとのさいごの給食《きゅうしょく》を、みんなで食《た》べたいって思《おも》ったからだ。

ぼくは昨日《きのう》までのことを、先輩《せんぱい》に必死《ひっし》に説明《せつめい》した。

いままでみんなで、短《みじか》い期間《きかん》にどれだけ必死《ひっし》にがんばったのか。

田中《たなか》くんとのさいごの給食《きゅうしょく》のために、なみだをこらえて、みんなどれほどいっしょうけんめいだったのか。

「なるほどねぇ」

増田先輩《ますだせんぱい》は真剣《しんけん》に、ぼくの話《はなし》を聞《き》いてくれたんだ。

「で、ミノルくん」

ピン、とひとさし指《ゆび》を立《た》てる増田先輩《ますだせんぱい》。

「キミはいったい、どうしたいのかな？」

「ぼくは、どうしても……」

はっきりとこたえた。

「田中《たなか》くんと一緒《いっしょ》に、さいごの給食《きゅうしょく》を食《た》べたいんです！」

6年1組

3杯目《ばいめ》

500人前《にんまえ》の給食《きゅうしょく》をつくれ！

「田中《たなか》くんとのさいごの給食《きゅうしょく》のため、ぼくに助《たす》けてほしい。そういうことなのだね？」

ぼくのおねがいを聞《き》いて、増田先輩《ますだせんぱい》はちょっとだけ困《こま》った顔《かお》を見《み》せた。

「それは、ちょっとできないかな」

「えーっ」

たよりにしていた増田先輩《ますだせんぱい》に断《ことわ》られるなんて、ぼくはかなりショックだった。

「うん。悪《わる》いけど」

腕《うで》を組《く》んだ増田先輩《ますだせんぱい》はなにかを考《かんが》え、かくにんするみたいにうなずいた。

「やっぱり、ぼくは助《たす》けないことにしよう」

「ひどいですよっ。どうしてですかっ？」

「うーん」

あごに手《て》をあて、ちょっと考《かんが》えてから、増田先輩《ますだせんぱい》はつづけた。

「この問題《もんだい》は、キミたちだけで解決《かいけつ》できるはずなんだ。ぼくが手《て》を貸《か》さなくともね」

「えっ？」

田中《たなか》くんが身《み》を乗《の》りだすと、増田先輩《ますだせんぱい》はほほえんだ。

「田中《たなか》くんのお別《わか》れ会《かい》は、できるのさ」

ああ、そうか。

きっと増田先輩《ますだせんぱい》は、田中《たなか》くんが自分《じぶん》の力《ちから》で問題《もんだい》を解決《かいけつ》できるって信《しん》じているんだ。

だからいじわるで「助《たす》けない」っていっているわけではないんだよ。

田中《たなか》くんの力《ちから》を信《しん》じているからこそ、先輩《せんぱい》はこんなによゆうのある表情《ひょうじょう》なんだろう。

「しかしだよ。後輩《こうはい》が困《こま》っているのに、先輩《せんぱい》が手《て》を貸《か》さないなんてのは、とてもひどい話《はなし》だよね」

そのうえ、やっぱり先輩《せんぱい》はやさしかった。

キラキラとわらう。

「だから、ヒントをあげよう」

「ヒント？」

「ああ、そうさ。田中《たなか》くんのお別《わか》れ会《かい》をするためにはどうしたらいいか。そのヒントをあげようかな」

増田先輩《ますだせんぱい》はささやくように、ぼくと田中《たなか》くんに顔《かお》を近《ちか》づけた。

「じつはね、さっき聞《き》いたのだけれど」

増田先輩《ますだせんぱい》は、床《ゆか》を指《ゆび》さした。

「1階《かい》の給食調理室《きゅうしょくちょうりしつ》のガスコンロは、いまも使《つか》えるみたいなんだよ」

「え？」

「学校中《がっこうじゅう》が停電《ていでん》なんだから、もちろん電気《でんき》は使《つか》えない。電子《でんし》レンジもオーブンも、炊飯器《すいはんき》だって、動《うご》かせない。けど、ガスコンロで煮《に》たり焼《や》いたりすることだけは、できる」

「ガスコンロだけは、使《つか》えるのか……」

田中《たなか》くんはかくにんするみたいにつぶやいた。

「これが、ぼくからの、問題解決《もんだいかいけつ》のヒントだよ」

「え、それだけですか？」

ぼくは不安《ふあん》になって、ついつい聞《き》きかえしてしまった。

だって、それを「ヒント」っていわれても。

「先輩《せんぱい》。調理員《ちょうりいん》さんたちはもう今日《きょう》はいないんです。給食調理室《きゅうしょくちょうりしつ》に、ぼくたちは勝手《かって》にはいれないんですよ？」

増田先輩《ますだせんぱい》は、ヒントをくれたみたいなんだけど。

ぼくはこたえを聞《き》きにきたつもりだったから、正直《しょうじき》いって困《こま》ってしまう。

どうしていいかわからずに、頼《たよ》る気持《きも》ちで、チラッと田中《たなか》くんを見《み》た。

田中《たなか》くんは、しばらくしずかに考《かんが》えていたんだけれど……。


「ふふふふ」


え？

なんでだろう？

田中《たなか》くんは、わらい始《はじ》めた。

「ふふふふ。あははははは。先輩《せんぱい》、どうもありがとうございました」

「おおっ。田中《たなか》くん、やっと気《き》がついたようだね」

いったいどういうことなのか。

ぼくは首《くび》をかしげた。

「オレ、よっぽどパニックになってたんだな。ものすごーく簡単《かんたん》なことが、すこーんと頭《あたま》から抜《ぬ》けちゃってたよ」

「どういうこと？」

「なぁ、ミノル。ここは３階《かい》だよな」

「うん」

ぼくはうなずく。

「でも、それが、なんなの？」

田中《たなか》くんは、校舎《こうしゃ》のつきあたりを指《ゆび》さした。

「家庭科室《かていかしつ》のガスコンロだって、使《つか》えるんじゃないのか？」

「え？」

「だって、停電《ていでん》していたって、給食調理室《きゅうしょくちょうりしつ》のガスは使《つか》えるんだぜ。家庭科室《かていかしつ》だって、ガスくらいなら使《つか》えるはずだろ？」

「……たしかに、そうかもね」

「いやー。パニックになると、大事《だいじ》なことに気《き》がつかなくなっちゃうんだなぁ」

給食調理室《きゅうしょくちょうりしつ》には自由《じゆう》にはいれないけど、家庭科室《かていかしつ》ならOK《オーケー》だ。

しかも、御石井小学校《おいしいしょうがっこう》では、家庭科室《かていかしつ》にあるものは自由《じゆう》に使《つか》っていいって決《き》まりになっている。

ということは……。

「田中《たなか》くん、これなら家庭科室《かていかしつ》にある食材《しょくざい》で、全校分《ぜんこうぶん》の給食《きゅうしょく》をつくれるかもしれないね！」

「おう。給食《きゅうしょく》が急《きゅう》になくなっちゃうなんて、こんなにかなしいことはないからな。今日《きょう》の給食《きゅうしょく》は、オレがつくってやるぜ！」

田中《たなか》くんは胸《むね》をはった。

「さあ、ミノル。まずは家庭科室《かていかしつ》にある食材《しょくざい》の量《りょう》とか、食器《しょっき》の数《かず》とか、調《しら》べにいこう。一《いっ》緒《しょ》に手《て》つだってくれよ」

「もちろんだよ！　あ、でも……」

ぼくは急《きゅう》に心配《しんぱい》になった。

「なんだよ、ミノル。あ。授業《じゅぎょう》の心配《しんぱい》か？　だいじょうぶだろ。きちんと話《はな》せば、多田見《ただみ》先生《せんせい》ならきっとわかってくれるさ」

「うーん、それもあるんだけどね……」

御石井小学校《おいしいしょうがっこう》の調理員《ちょうりいん》さんたちが、超《ちょう》スピードで調理《ちょうり》して、毎日《まいにち》の給食《きゅうしょく》をつくってくれている。

そういう話《はなし》を、ぼくは聞《き》いたことがあったんだ。

「いまからつくって、お昼《ひる》にまにあうかな？　ぼく、手《て》つだいくらいはできるけど、田中《たなか》くんみたいに料理《りょうり》はできないよ……」

「あ。たしかにそうだな」

さっきまで明《あか》るい表情《ひょうじょう》だった田中《たなか》くんは、頭《あたま》をかかえた。

「オレひとりじゃ、ぜったいに時間《じかん》が足《た》りないぞ」

「ふふふふ。安心《あんしん》したまえ、田中《たなか》くん」

増田先輩《ますだせんぱい》がわらう。

「ごらんよ」

ばさりとマントをひるがえしながら、増田先輩《ますだせんぱい》は遠《とお》く、廊下《ろうか》の先《さき》を指《ゆび》さした。

「キミには、たよりになる友《とも》だちがいるじゃないか」


「あー、こんなところにおったんかぁ！」

廊下《ろうか》の先《さき》からひびいてきたのは、ミナミちゃんの声《こえ》だった。

「急《きゅう》に教室《きょうしつ》を飛《と》びだしたから、多田見先生《ただみせんせい》が心配《しんぱい》しとるで～」

「あっ」

「ミナミ！」

ぼくと田中《たなか》くんは、笑顔《えがお》でうなずき合《あ》った。

ダダダダダッと、ミナミちゃんのところへかけ寄《よ》る。

「わ。わ。わ。え？　なに？　怖《こわ》っ。速《はや》っ」

ぼくらふたりがうれしそうに走《はし》ってくる様子《ようす》を見《み》て、ミナミちゃんはちょっとだけびっくりしている。

田中《たなか》くんは息《いき》をきらして聞《き》いた。

「ミナミは、ふだんは家《いえ》の食堂《しょくどう》の手《て》つだいをしてるんだよなっ？」

「あ、うん」

「いっぺんにたくさん料理《りょうり》するのには、慣《な》れてるよなっ？」

「あ、あ、うん」

田中《たなか》くんが声《こえ》をあげた。

「よっしゃ、ミナミ！」

「なんや、田中《たなか》。はよ教室《きょうしつ》に戻《もど》らんと……」

「多田見先生《ただみせんせい》には、オレが説明《せつめい》する。だから」

田中《たなか》くんは、ミナミちゃんの手《て》をにぎる。

「へ？」

「オレに、力《ちから》を貸《か》してくれ！」

ちょうど、２時間目《じかんめ》の始《はじ》まるチャイムが鳴《な》った。

＊

多田見先生《ただみせんせい》に、許可《きょか》をとってから。

田中《たなか》くん、ミナミちゃん、ぼくの３人《にん》は、家庭科室《かていかしつ》に到着《とうちゃく》した。

御石井小学校《おいしいしょうがっこう》の家庭科室《かていかしつ》はちょっと変《か》わっていて、どーんと真《ま》ん中《なか》にドーナツみたいなテーブルがある。ガスコンロや流《なが》し台《だい》は、教室《きょうしつ》の壁際《かべぎわ》や窓際《まどぎわ》に並《なら》んでいるんだ。

「ねぇねぇ、オイラはなにすんの？」

助《すけ》っ人《と》として、となりのクラスのロベルトにもあとからきてもらった。

ロベルトは田中《たなか》くんと給食《きゅうしょく》マスターの座《ざ》を争《あらそ》ったくらいだから、料理《りょうり》がものすごくうまい。田中《たなか》くんのお父《とう》さんの働《はたら》く世界一周客船《せかいいっしゅうきゃくせん》で、修業《しゅぎょう》をつけてもらっていたことだってある。

「♪み〜んな〜で料《りょう》〜理《り》っ。た〜のし〜いなっ」

短時間《たんじかん》で全校分《ぜんこうぶん》の給食《きゅうしょく》をつくらなくちゃいけないっていうのに、ロベルトはなにか楽《たの》しいイベントに呼《よ》ばれたみたいに、家庭科室《かていかしつ》をぴょんぴょんスキップしている。

「……ロベルト。遠足《えんそく》やキャンプじゃないんだよ」

ぼくはやんわり注意《ちゅうい》した。

「さて、みんな。聞《き》いてくれ」

みんながイスに座《すわ》ると、田中《たなか》くんが説明《せつめい》を始《はじ》めた。

「いろいろかくにんしてみたんだけど、やっぱり家庭科室《かていかしつ》にも電気《でんき》はきていないみたいだ。でも、ガスコンロだけは使《つか》えたぞ」

「増田先輩《ますだせんぱい》のヒントに感謝《かんしゃ》だね」

ぼくは田中《たなか》くんと目《め》を合《あ》わせた。

「いまはもう2時間目《じかんめ》にはいっているから……」

と、田中《たなか》くんは時計《とけい》を見《み》あげる。

「逆算《ぎゃくさん》すると、完成《かんせい》までは、2時間《じかん》くらいしかないのか」

「はいはーい。田中《たなか》にしつも～ん！」

ロベルトが手《て》をあげた。

「給食全校分《きゅうしょくぜんこうぶん》って何人前《なんにんまえ》なんだ？」

「500人前《にんまえ》だ」

「わお！　ものすごい量《りょう》だね！　そしたらどんどんつくっちゃおうよ～！」

と、ロベルトはやる気《き》じゅうぶんに。

「えい、えい、おーっ！」

右腕《みぎうで》をふりあげ、ぴょーんとイスから立《た》ちあがったんだけど……。


「……で、オイラたちは、なんの料理《りょうり》をつくるんだ？」


「そこやねん、問題《もんだい》は」

頭《あたま》をかかえるミナミちゃん。

田中《たなか》くんがつづく。

「停電中《ていでんちゅう》に、短時間《たんじかん》で、大量《たいりょう》につくれるものってなると、ごはんものはむずかしいんだ。パンはそもそも用意《ようい》していない。だから、食器《しょっき》ひとつでつくれる麺類《めんるい》がいいとオレは思《おも》うんだ」

「食器《しょっき》ひとつでつくれる麺類《めんるい》かぁ。麺類《めんるい》。麺類《めんるい》。……あっ」

ぼくはさっそく思《おも》いついた。

「ラーメンは、どうかな？」

「おおおっ。オイラ、ラーメンは大好《だいす》きだよ」

ロベルトは賛成《さんせい》してくれたけど、田中《たなか》くんとミナミちゃんは、あまりいい顔《かお》をしていなかった。

「よっぽどうまくつくらないと、のびちゃうぞ」

そうか。

麺類《めんるい》でも、ラーメンは汁《しる》にひたっているから、すぐに食《た》べなきゃのびちゃうのか。

「それに家庭科準備室《かていかじゅんびしつ》と、電気《でんき》のきれた冷蔵庫《れいぞうこ》をのぞいてみたんだけど……思《おも》ったよりも食材《しょくざい》が足《た》りないんだよなぁ」

田中《たなか》くんは頭《あたま》をかいた。

「そりゃそうや。500人前《にんまえ》なんて大量《たいりょう》の注文《ちゅうもん》がいっぺんにはいったら、さすがのうちの食堂《しょくどう》でも真《ま》っ青《さお》やで」

「困《こま》ったなぁ」

どうやったらこの状況《じょうきょう》で、そんな大量《たいりょう》の給食《きゅうしょく》をつくれるんだろう？

家庭科室《かていかしつ》の空気《くうき》が、ちょっとずつ重《おも》くなっていった。

すると。

「ねぇねぇ。3人《にん》とも、聞《き》いてよ。へへっ」

ロベルトは「なんかいいことを思《おも》いついたぞ」って顔《かお》でわらっている。

「麺類《めんるい》って、『絆《きずな》』だな」

「「ん？」」

ロベルトのよくわからない発言《はつげん》に、ぼくたちは首《くび》をかしげた。

「どういうこと？」

「だってさぁ、多田見先生《ただみせんせい》がいってただろ。田中《たなか》は転校《てんこう》しちゃうけど、つながってるんだよって」

ロベルトは、昨日《きのう》の多田見先生《ただみせんせい》の『絆《きずな》』の話《はなし》が気《き》にいっているみたいだった。

「御石井小学校《おいしいしょうがっこう》のいつものうまい給食《きゅうしょく》じゃなくてもさ、オイラ、田中《たなか》のお別《わか》れ会《かい》には細長《ほそなが》い麺類《めんるい》はぴったりだと思《おも》うよ。糸《いと》とかヒモみたいな、『絆《きずな》』って感《かん》じがするよ」

もしかしたらロベルトは、家庭科室《かていかしつ》の重《おも》い空気《くうき》を変《か》えようとしてくれていたのかもしれない。

「ふふふ、そうかもしれないね」

ぼくはうなずく。

今日《きょう》の麺料理《めんりょうり》が、田中《たなか》くんとぼくたちをずーっとくっつけてくれる絆《きずな》になったらいいなとぼくは思《おも》った。

でも。

本当《ほんとう》に残念《ざんねん》だったんだけど。

「……そないなもん、いらん」

ロベルトの言葉《ことば》をキッカケに、家庭科室《かていかしつ》の空気《くうき》はさらに重《おも》くなってしまったんだ。

「田中《たなか》とつながる絆《きずな》なんか、うちはもう、いらんっ」

「ミナミちゃん……どうしたの？」

強《つよ》くさみしくつぶやいたミナミちゃんの言葉《ことば》に、家庭科室《かていかしつ》の空気《くうき》は、こおった。


ミナミちゃんの言葉《ことば》を聞《き》いて。

田中《たなか》くんとミナミちゃんの間《あいだ》の見《み》えない糸《いと》が、スパンときれたようにぼくには思《おも》えた。

「そないな糸《いと》なんかは、プチンときって、ぐるぐるぐるっと巻《ま》いてから、川《かわ》にポイや！

大阪《おおさか》の道頓堀《どうとんぼり》にポイ捨《す》てしたる！」

「ねぇねぇ、ミナミ」

ロベルトはのんきに口《くち》をひらく。

「オイラ、川《かわ》にポイ捨《す》てはダメだと思《おも》うよ」

「やかましいっ」

「ひっ！」

ミナミちゃんに怒《おこ》られると、ぴょんとジャンプしたロベルトは、ぼくのうしろにさーっとかくれた。

ぼくには、ミナミちゃんの気持《きも》ちが少《すこ》しだけわかった。

ひっこし先《さき》を教《おし》えてくれないっていうのは、どんな理由《りゆう》があったって、さみしいからね。

……ん？

ぼくは、気《き》づいた。

「ねぇ。さっきからどうしたの、田中《たなか》くん？」

ミナミちゃんの言葉《ことば》を聞《き》いたあとからずっと。

田中《たなか》くんはひとこともしゃべっていなかった。

「ほら、ミナミちゃん。ひどいことをいうから、田中《たなか》くんがすっかりだまっちゃったじゃないか」

ぼくはてっきり、田中《たなか》くんがミナミちゃんの言葉《ことば》にショックを受《う》けたんだとばかり思《おも》っていた。

ところが。

「……ぐるぐるぐるっと、巻《ま》く？」

田中《たなか》くんは、なにかぶつぶついいながら、すっかり考《かんが》えこんでいるんだ。

なぜかはわからなかったけど。

このときの田中《たなか》くんは、ミナミちゃんのいった言葉《ことば》にものすごーくひっかかっていた。

「なぁ、田中《たなか》。うちの話《はなし》、聞《き》いてるか？」

ミナミちゃんはつづける。

とてもかなしそうな表情《ひょうじょう》で。

「なんでどこにひっこすのか、教《おし》えてくれへんのっ？」

「いやぁ、あの、それはさぁ……」

考《かんが》えるのを一瞬《いっしゅん》やめて、田中《たなか》くんはミナミちゃんを見《み》た。

それでもなにか、頭《あたま》の中《なか》では別《べつ》のことを考《かんが》えているように、ぼくには見《み》える。

「教《おし》えてくれへんのやな？　わかった。そないなやつは、もう友《とも》だちでもなんでもない！」

「ミナミちゃん。田中《たなか》くんにだって、きっと理由《りゆう》があるんだよ」

「そんなん知《し》らん！　田中《たなか》との絆《きずな》なんか、プチンときって、ぐるぐるぐるっと巻《ま》いてから、ポイッや！」

あ。

まただ。

やっぱり田中《たなか》くんは、なにかをいっしょうけんめい考《かんが》える顔《かお》になっている。

いまのミナミちゃんの言葉《ことば》の、いったいなにを気《き》にしているんだろう？

田中《たなか》くんは、つぶやいた。

「……ぐるぐるぐるっと、巻《ま》く」

もちろん、実際《じっさい》にそんなことはできないけれど。

絆《きずな》って見《み》えないけど、ひととひとをつなぐ、細長《ほそなが》い糸《いと》みたいなものだよなぁ。

「ん……？」

田中《たなか》くんは、目《め》を大《おお》きくひらいた。

「さっきまでオレたちは、細長《ほそなが》い、麺《めん》の料理《りょうり》を考《かんが》えていたんだよな……？」

「田中《たなか》っ。うちの話《はなし》を聞《き》いてるんやったら、なにかいってや！」

考《かんが》えこむ田中《たなか》くんに代《か》わって、ぼくが返事《へんじ》をする。

「ミナミちゃん、友《とも》だちじゃないなんて、ちょっといいすぎだよ」

ぼくはやんわりと注意《ちゅうい》した。

「いーや、何度《なんど》でもいったるわ！　田中《たなか》とのほっそ〜い絆《きずな》なんか、ぐるぐるぐるっと巻《ま》いてから、ポイやで！　ポイ！　もういらん！」

「ねぇねぇ、ミナミ」

ロベルトはぼくの背中《せなか》から、おそるおそるミナミちゃんをのぞきこむ。

「いまは『ぐるぐるぐる』の話《はなし》よりもさぁ、今日《きょう》つくる麺料理《めんりょうり》の話《はなし》をしようよぉ」

「やかましい！」

「ひっ！」

やっぱり、さっとぼくのうしろにかくれるロベルト。

「……あ」

それは、突然《とつぜん》のことだった。

「ぐるぐる……麺料理《めんりょうり》……っ！」

田中《たなか》くんの表情《ひょうじょう》が、ぱぁーっと一瞬《いっしゅん》で明《あか》るくなった。

田中《たなか》くんは、ミナミちゃんをまっすぐに見《み》ると、大《おお》きな声《こえ》をあげた。

「ミナミ、それだよっ！」

家庭科室《かていかしつ》が、しずまりかえる。

「……はぁ？」

ミナミちゃんは、ぽかんと口《くち》を大《おお》きくあけてかたまってしまった。

「……え、なにをいうてんの？」

「もしかして田中《たなか》は……」

勘《かん》ちがいしたロベルトがあわてている。

「ミナミが田中《たなか》との絆《きずな》をぐるぐるぐるっと巻《ま》いてから、ポイッと捨《す》ててもいいっていってんのかよぉ？」

ロベルトの言葉《ことば》を聞《き》いて、今度《こんど》はさーっと顔《かお》を青《あお》くする田中《たなか》くん。

「あああ、ちがう！　ちがうんだ！」

田中《たなか》くんはあわてて立《た》ちあがった。

「3人《にん》とも、ちょっと待《ま》っててくれ！」

田中《たなか》くんは、家庭科準備室《かていかじゅんびしつ》にダッシュして、なにかをかかえて、戻《もど》ってきた。

「今日《きょう》の給食《きゅうしょく》で、これが、つくれるんだよ！」

そして、なにかの袋《ふくろ》を、どさりと机《つくえ》の上《うえ》に置《お》いた。


「ああ、スパゲッティか！」


ミナミちゃんが、感心《かんしん》した表情《ひょうじょう》を見《み》せる。

「こんなのもあったぞ」

田中《たなか》くんはそういってから、スパゲッティの袋《ふくろ》の横《よこ》に、トマトの赤《あか》い缶詰《かんづめ》も置《お》く。

「ミナミの『ぐるぐるぐるっと』で思《おも》いついたんだ。スパゲッティって、食《た》べるときにフォークでぐるぐるぐるっと巻《ま》くだろ？　これならひと皿《さら》の麺料理《めんりょうり》だし、汁《しる》にひたっているわけじゃないからのびないと思《おも》うんだよな」

ロベルトが感心《かんしん》した声《こえ》で飛《と》びはねた。

パ・パー
パスタ
パ・パー
パスタ
完熟ホールトマト
OISHI

「田中《たなか》、すごいじゃないか！　トマトソースをつくるのも、麺《めん》をゆでるのも、電気《でんき》を使《つか》わないでガスコンロだけでできちゃうよ！」

田中《たなか》くんとミナミちゃんは、顔《かお》を見合《みあ》わせた。

にこっとわらうミナミちゃん。

「田中《たなか》、ナイスやで！」

ものすごく、自然《しぜん》に。

田中《たなか》くんとミナミちゃんは、ふたりでバチッと手《て》のひらをうち合《あ》った。

「ふふふ」

横《よこ》で見《み》ていて、ぼくは思《おも》わずわらってしまう。

「ミナミちゃんの話《はなし》を、田中《たなか》くんはぜんぜん聞《き》いていないように見《み》えたけど、やっぱりしっかり聞《き》いていたんだなぁ」

「ま、うちのいいたかった感《かん》じで、田中《たなか》はキャッチしてくれへんかったけどな」

ミナミちゃんはちょっとだけあきれたようにわらっていた。

「本当《ほんとう》に、息《いき》の合《あ》う、いいコンビだねっ」

ぼくがそうほめると、田中《たなか》くんはなんだか照《て》れたような顔《かお》をしていた。

女《おんな》の子《こ》と息《いき》が合《あ》うといわれるのは、やっぱりちょっと、照《て》れてしまうんだと思《おも》う。

だけど、ミナミちゃんは——。

「なぁ、田中《たなか》」

笑顔《えがお》をひっこめると、真剣《しんけん》な顔《かお》で、田中《たなか》くんをまっすぐ見《み》ていた。

「うちの話《はなし》、今度《こんど》はちゃんと聞《き》いてくれるか？」

その真剣《しんけん》な様子《ようす》に、だまってうなずく田中《たなか》くん。

「うちらとずっと友《とも》だちなんやったら、ひとつ、約束《やくそく》してくれへん？」

「……約束《やくそく》？」

田中《たなか》くんはくりかえした。

「今日《きょう》の給食《きゅうしょく》が終《お》わったら、どこにひっこすんか、みんなに教《おし》えたってや」

しばらく、考《かんが》えてから。

「おう。わかったよ」

田中《たなか》くんは、どこかすまなそうにうなずいた。

＊

「よっしゃ！」

田中《たなか》くんは自分《じぶん》のほほをバチンと両手《りょうて》でたたいた。

家庭科室《かていかしつ》の空気《くうき》が、がらりと変《か》わる。

「みんなでばーっと、トマトソースのスパゲッティをつくっちゃおうぜ！」

と元気《げんき》よく声《こえ》をあげたんだけど。

「あ、まずいな」

せっかくメニューが決《き》まったっていうのに、田中《たなか》くんは困《こま》った顔《かお》をしていた。

なにかさっそく、トラブルがあったのかな？

「どうしたの、田中《たなか》くん」

「ミノル。本当《ほんとう》にすまない。給食《きゅうしょく》はつくれると思《おも》うんだけど……」

チラッと家庭科室《かていかしつ》の鍋《なべ》をかくにんしてから、田中《たなか》くんはいった。

「体育館《たいいくかん》でのオレのお別《わか》れ会《かい》は、できないや」

「ええええっ、どうして！」

「みんな、本当《ほんとう》にオレのために準備《じゅんび》をしてくれてたって知《し》ってたから、オレ、ぜったいにお別《わか》れ会《かい》をひらいてほしかったんだけど……ごめんっ！」

田中《たなか》くんは頭《あたま》をさげた。

「せやな。こればっかりは、しかたがないわ」

どうやらミナミちゃんも、田中《たなか》くんが「お別《わか》れ会《かい》は、できない」といっている理由《りゆう》をわかっているみたいだった。

「ちょっと、ちょっと！　どういうことっ？」

「ミノル、見《み》てみぃ」

ミナミちゃんは、家庭科室《かていかしつ》の鍋《なべ》のとってを両手《りょうて》で持《も》った。

「これで、スパゲッティをゆでるんや」

「へえ、大《おお》きい鍋《なべ》だね」

「この鍋《なべ》な、水《みず》が6リットルくらいはいるんやけど、一度《いちど》に何人前《なんにんまえ》くらいのスパゲッティがつくれるか、わかる？」

「え？　大《おお》きめの鍋《なべ》だしなぁ。10人前《にんまえ》くらい？」

「うーん、５人前《にんまえ》がせいぜいやね」

「えっ。そんなに少《すく》ないの？」

おどろくぼくに、ミナミちゃんは説明《せつめい》する。

「うん。スパゲッティは、たっぷりのお湯《ゆ》でゆでるのが大事《だいじ》なんや」

そこに田中《たなか》くんが、残念《ざんねん》そうな声《こえ》でつづける。

「給食調理室《きゅうしょくちょうりしつ》みたいな超巨大《ちょうきょだい》な鍋《なべ》は、ここにはないだろ？」

「うん」

ここにあるのは、家《いえ》にもありそうな大《おお》きさの鍋《なべ》しかない。

UFO《ユーフォー》みたいな超巨大《ちょうきょだい》な鍋《なべ》は、たしかに給食調理室《きゅうしょくちょうりしつ》にしかない。

「コンロはぜんぶで12ヶ所《しょ》あるんだけど、トマトソースづくりも同時《どうじ》にやるから、いっぺんにゆでられる量《りょう》は意外《いがい》と少《すく》ないんだ。だから……」

田中《たなか》くんはすまなそうな顔《かお》をしながら、ミナミちゃんとロベルトを見《み》た。

「オレたち3人《にん》は、学校中《がっこうじゅう》のみんなが順番《じゅんばん》に給食《きゅうしょく》を食《た》べ終《お》わるまで、ずーっと家庭科室《かていかしつ》で500人前《にんまえ》をつくりつづけなくちゃいけない」

スパゲッティをつくって、できた分《ぶん》から、クラスごとに順《じゅん》に食《た》べていってもらう。

そういうやり方《かた》でないと、どうやら今日《きょう》の給食《きゅうしょく》をつくりきることはできないみたいだった。

「そんなっ、いやだよ！」

ぼくは叫《さけ》んだ。

「だって、もともとこの臨時《りんじ》の給食《きゅうしょく》は、田中《たなか》くんのお別《わか》れ会《かい》をやるためのものだったじゃないか！」

ぼくは、そう思《おも》っていた。

田中《たなか》くんも、さっき校長先生《こうちょうせんせい》にそんなことをいっていたはずだよ！

「ミノル。それは、本当《ほんとう》にありがたいんだけど」

田中《たなか》くんは首《くび》を横《よこ》にふった。

「オレがいっしょうけんめいがんばっていた理由《りゆう》は、それだけじゃなかったんだ」

「え？」

「みんなが準備《じゅんび》してくれていたのをムダにしたくない気持《きも》ちも、もちろんあったよ。でもな、ミノル」

田中《たなか》くんは、はっきりと告《つ》げた。

「オレは、給食《きゅうしょく》マスターなんだ」

「……田中《たなか》くん？」

「給食《きゅうしょく》マスターのオレがいるんだから、急《きゅう》に給食《きゅうしょく》がなくなるなんて、ぜったいにさせられないさ。給食《きゅうしょく》が急《きゅう》になくなるなんて、こんなかなしいことはないんだよ」

「でもっ」

それでもぼくは、やっぱりいやだったんだ。

「今日《きょう》が、田中《たなか》くんと一緒《いっしょ》に食《た》べる、さいごの給食《きゅうしょく》なんだよ？　体育館《たいいくかん》で卒業式《そつぎょうしき》みたいな給食《きゅうしょく》を……」

「なぁ、ミノル」

田中《たなか》くんは、ぼくの言葉《ことば》をやさしくさえぎった。

「オレさぁ、みんなにおいしく今日《きょう》の給食《きゅうしょく》を食《た》べてもらいたいんだ」

すまなそうな顔《かお》で、田中《たなか》くんはつづける。

「オレのためだけにお別《わか》れ会《かい》を優先《ゆうせん》させちゃったら、オレ、自分《じぶん》のことを給食《きゅうしょく》マスターだなんていえなくなっちゃうからさ」

「そんな……」

「ミノル、ごめん。わかってくれよ」

ミナミちゃんがつけたした。

「それにな、ミノル。全員《ぜんいん》が同時《どうじ》に食《た》べるのは、今日《きょう》はどうしたってできないんや。だったらどっちにしたって、全校《ぜんこう》みんなで食《た》べるお別《わか》れ会《かい》はひらかれへん。ちがうか？」

「……うん。そうだね」

「お別《わか》れ会《かい》はできなくてもな、せめて給食《きゅうしょく》だけでもお別《わか》れするみんなにつくってあげたいっていう田中《たなか》の気持《きも》ちも、わかってあげたってや」

ぼくはだまってうなずいた。

しかたがなかった。

だって田中《たなか》くんは、給食《きゅうしょく》マスターなんだ。『食《しょく》』に関《かん》して、自分《じぶん》のためじゃなくて、誰《だれ》かのために活躍《かつやく》するのが給食《きゅうしょく》マスターの使命《しめい》なんだから。

本当《ほんとう》にしかたなく、ぼくはお別《わか》れ会《かい》をあきらめた。

でも……。

増田先輩《ますだせんぱい》は、「お別《わか》れ会《かい》は、できる」っていっていたよね？

先輩《せんぱい》だったら、どう解決《かいけつ》したのかな？

そこだけは、ぼくはものすごく気《き》になっていた。

＊

それから、4人《にん》で話《はな》し合《あ》った結果《けっか》。

全体《ぜんたい》の指示《しじ》はミナミちゃんにだしてもらって、田中《たなか》くんとロベルトが実際《じっさい》に調理《ちょうり》を進《すす》めることにした。料理《りょうり》がとくいではないぼくは、サポート役《やく》にまわる。

「まずは家庭科準備室《かていかじゅんびしつ》からスパゲッティの袋《ふくろ》とトマトの缶詰《かんづめ》を、あるだけぜんぶ持《も》ってきてや」

ここでおちつきのないロベルトが、冷蔵庫《れいぞうこ》のドアをなんとなくあけていたら。

「ねぇ、みんなっ。ここに、生《なま》のトマトがあるよっ」

「ナイスだ、ロベルト！」

田中《たなか》くんがうれしそうに声《こえ》をあげた。

「これも使《つか》えば、きっともっとおいしくなるぞ」

その他《ほか》、玉《たま》ねぎやにんにく、塩《しお》やコショウ、鍋《なべ》などを、4人《にん》みんなで準備《じゅんび》した。

「ミナミちゃん。あるだけ玉《たま》ねぎを運《はこ》んだけれど、こんなにいらないんじゃないかな？数《かぞ》えたら、50個《こ》くらいあったよ」

ミナミちゃんは首《くび》を横《よこ》にふった。

「いやいや、ミノル。つくるんは500人前《にんまえ》なんやで？　たまねぎは、本当《ほんとう》はこの4、5倍《ばい》はほしいんや」

「えええっ、そんなにたくさんっ？」

信《しん》じられない量《りょう》だ。

ぼくたちの給食《きゅうしょく》って、毎日《まいにち》ものすごい量《りょう》をつくってもらっていたんだね。

「あとな、ミノル。一緒《いっしょ》にお湯《ゆ》を沸《わ》かすのを手《て》つだってくれるか？　家庭科室《かていかしつ》のガスコンロの半分以上《はんぶんいじょう》は、スパゲッティをゆでるのに使《つか》わな、お昼《ひる》にはまにあわん」

給食《きゅうしょく》の準備《じゅんび》って、ものすごくたいへんなんだなぁ。

「野菜《やさい》の味《あじ》が足《た》りへんけど、ま、そこはなんか調味料《ちょうみりょう》を足《た》してうまくつくろうか。味《あじ》つけは、うちが指示《しじ》するわ。冷蔵庫《れいぞうこ》に他《ほか》になにか使《つか》えそうなもんがあるかもしれん」

こうして、大量《たいりょう》の材料《ざいりょう》を準備《じゅんび》してから。

「そしたら、ふたりとも」

皮《かわ》のついた玉《たま》ねぎの山《やま》の前《まえ》に立《た》つ田中《たなか》くんとロベルトに、ミナミちゃんは指示《しじ》をだした。

「まずはその大量《たいりょう》の玉《たま》ねぎの皮《かわ》をむいて、ぜーんぶみじんぎりにしてくれるか？」

「おう！」

「はーい！」

まずは、田中《たなか》くんが動《うご》いた。

「いくぜ！」

右手《みぎて》に包丁《ほうちょう》を持《も》って、剣士《けんし》みたいに構《かま》えてから。

「牛乳《ぎゅうにゅう》カンパイ係《がかり》、田中《たなか》十六《じゅうろく》奥義《おうぎ》のひとつ！」

田中《たなか》くんは叫《さけ》んだ。

「嵐《あらし》のカマイタチ☆」

この「嵐《あらし》のカマイタチ☆」は、田中《たなか》くんがお父《とう》さんから教《おそ》わった、とても大事《だいじ》な必殺技《ひっさつわざ》だ。すばやい動《うご》きで食材《しょくざい》をきり刻《きざ》むことができるんだ。

って……。ん？

「……あれ、おかしいね？」

玉《たま》ねぎはふつう、皮《かわ》がついたままではきらないよ。

「うりゃりゃりゃりゃりゃりゃりゃりゃー！」

「これはすごいで！」

ミナミちゃんには、田中《たなか》くんのやっていることがわかったみたいだ。

「玉《たま》ねぎの表面《ひょうめん》だけをうすーくうすーく、きってるんや！」

「なんだってーっ！」

猛《もう》スピードで包丁《ほうちょう》を動《うご》かす田中《たなか》くんは、なんと玉《たま》ねぎの茶色《ちゃいろ》い皮《かわ》だけを、包丁《ほうちょう》でけずるようにむいていたんだ。

軽《かる》くぽんと空中《くうちゅう》に浮《う》かんだ茶色《ちゃいろ》い皮《かわ》のついた玉《たま》ねぎが、次《つぎ》の瞬間《しゅんかん》、皮《かわ》がむかれてどんどん真《ま》っ白《しろ》になっていく。

「すごいよ、田中《たなか》くん！」

田中《たなか》くんは信《しん》じられないくらいすごい技《わざ》で、あっという間《ま》に、玉《たま》ねぎの皮《かわ》をすべてむいた。

「やっぱ田中《たなか》はすっげーな！」

嵐《あらし》のカマイタチ☆

なんておどろくロベルトが、次《つぎ》は、皮《かわ》のむかれた玉《たま》ねぎをきるみたいだ。

「よーし、オイラもがんばっちゃうぞ〜！」

ロベルトは楽《たの》しそうに頭《あたま》をふって、ダンスのステップをふみ始《はじ》めた。

それから両手《りょうて》に包丁《ほうちょう》を持《も》つと、その２本《ほん》の包丁《ほうちょう》で、ドラムでもたたくみたいにまな板《いた》をたたきだす。

包丁《ほうちょう》でまな板《いた》をたたくリズムで、自分《じぶん》の集中力《しゅうちゅうりょく》を高《たか》めてから。


「……神技《かみわざ》！　ダンシング・クッキング」


ロベルトは目《め》にもとまらぬスピードで、玉《たま》ねぎをどんどんみじんぎりにする。

ぼくはできたみじんぎりの玉《たま》ねぎを、次々《つぎつぎ》と、ソースをつくる鍋《なべ》にいれていった。

「ロベルト、すごいね！」

「へへへ。ありがと、ミノル」

うれしそうにわらうロベルト。

「あ。うっかりしとったわ」

ミナミちゃんが声《こえ》をあげた。

「にんにくも、みじんぎりにせなアカンやん」

「だいじょうぶだ、ミナミ。もう終《お》わったから」

「「へ？」」

ぼくたちがふりかえると、田中《たなか》くんはもうにんにくの皮《かわ》をむいて、みじんぎりを終《お》えていた。

「ロベルトが玉《たま》ねぎをきっている間《あいだ》に、やっておいたんだ」

「田中《たなか》。さすがやで！」

こんな調子《ちょうし》で、作業《さぎょう》はびゅんびゅん進《すす》んでいった。

誰《だれ》かがうっかりミスをしても、他《ほか》の誰《だれ》かがきちんとそのミスをフォローしていく。

「そしたら次《つぎ》は、みじんぎりにしたものをぜんぶ、大《おお》きな鍋《なべ》でいためてや！」

ずらーっと並《なら》んだお湯《ゆ》が沸《わ》いた鍋《なべ》に、ロベルトが麺《めん》を次々《つぎつぎ》にいれていく。時間差《じかんさ》をつけて、熱々《あつあつ》の麺《めん》が順番《じゅんばん》にゆであがるようにしたんだって。

ロベルトはたくさん並《なら》んだ鍋《なべ》の前《まえ》を、あっちへぴょんぴょん、こっちへぴょんぴょん、麺《めん》をゆでつづける。ひとりで何人分《なんにんぶん》もの大活躍《だいかつやく》だ。

一方《いっぽう》の田中《たなか》くんは、これもやっぱりいくつか並《なら》んだ大《おお》きな鍋《なべ》で、トマトソースをつくっている。

その田中《たなか》くんのところへ、大《おお》きなボウルを持《も》ったミナミちゃんがいそいだ。

「これ、さっきロベルトが冷蔵庫《れいぞうこ》から見《み》つけた生《なま》のトマトな。きって、ザルでこして、なめらかにしといたから、ソースにいれよ。きっと、めっちゃうまいで」

「サンキュー、ミナミ！」

「3人《にん》とも、すごいコンビネーションだなぁ！」

ぼくは思《おも》わず叫《さけ》んでいた。

麺《めん》を見《み》ていたロベルトが大声《おおごえ》で知《し》らせる。

「ねぇ！　そろそろ1年生《ねんせい》から順番《じゅんばん》に、食《た》べる子《こ》たちを呼《よ》んできてよ！　さいしょの鍋《なべ》の麺《めん》がゆであがるんだ！」

「なにぃ！　それは本当《ほんとう》かっ」

しかしロベルトに返事《へんじ》をしたのは、田中《たなか》くんでもミナミちゃんでも、もちろんぼくでもなかった。

「あ。ノリオ！」

どういうわけだか。

すーはーすーはートマトの香《かお》りをかぎながら、ノリオが家庭科室《かていかしつ》にはいってきた。

トマトのいい香《かお》りをかぐのに合《あ》わせて、鼻《はな》の穴《あな》をでたりはいったり、ノリオの鼻毛《はなげ》はいそがしい。

しかも。

ノリオだけじゃなかった。

というのは別《べつ》に、すーはーするたび鼻毛《はなげ》がでるのがノリオだけじゃないって意味《いみ》じゃなくてね。

「あ、みんな！　どうしたのっ？」

5年《ねん》1組《くみ》のみんなが、ノリオにつづいて、次々《つぎつぎ》と家庭科室《かていかしつ》にはいってきたんだ。

気《き》づいたぼくがかけ寄《よ》ると、ユウナちゃんが説明《せつめい》してくれる。

「多田見先生《ただみせんせい》におねがいして、みんなで手《て》つだいにきたの」

「わぁ、ありがとう！」

ぼくは多田見先生《ただみせんせい》をさがした。

「……えっ？」

多田見先生《ただみせんせい》はすぐに見《み》つかったんだけど、先生《せんせい》はあるひとを必死《ひっし》にひきとめて、家庭科《かていか》室《しつ》にはいらせないようにしていた。

「え～、みなさんですね～、え～、いったいなにをしているんですかね～」

……ん？


「「校《こう》・長《ちょう》・先《せん》・生《せい》っ！」」


「今日《きょう》の給食《きゅうしょく》は中止《ちゅうし》だと～、え～、お伝《つた》えしたはずなのですがね～」

5年《ねん》1組《くみ》のみんながぞろぞろと廊下《ろうか》を歩《ある》いていたのを見《み》つけた校長先生《こうちょうせんせい》は、どこへいくのか気《き》になって、こっそりと列《れつ》の一番《いちばん》さいごについてきたらしかった。

おどろくぼくたちに、校長先生《こうちょうせんせい》はきっぱりといった。

「いますぐ、調理《ちょうり》を、中止《ちゅうし》してください」


校長先生《こうちょうせんせい》は家庭科室《かていかしつ》の中《なか》を進《すす》み、田中《たなか》くんたちに近《ちか》づいていく。

これ以上《いじょう》の調理《ちょうり》をやめるよう、田中《たなか》くんたちにも注意《ちゅうい》をした。

「あちゃー。ここまでかぁ……」

田中《たなか》くんは、残念《ざんねん》そうに鍋《なべ》の火《ひ》を消《け》した。

「そんなっ！」

それを見《み》て、ぼくはあわてて校長先生《こうちょうせんせい》におねがいした。

「おねがいします、校長先生《こうちょうせんせい》！　スパゲッティづくりをつづけさせてください！」

「え〜、ダメなものは〜、え〜、ダメなんですね〜」

「でも、今日《きょう》が田中《たなか》くんとのさいごの給食《きゅうしょく》で……」

「ミノル、どけ」

言葉《ことば》の途中《とちゅう》で、ぼくはうしろから肩《かた》をぐいっとつかまれた。

「どいてろ」

「え？」

ノリオが、低《ひく》い小声《こごえ》でぼくにいった。

「校長先生《こうちょうせんせい》は、オレが、どうにかしてやる」

なんだ、なんだ？

こんなに真剣《しんけん》なノリオはめずらしい。

もしかして、校長先生《こうちょうせんせい》を説得《せっとく》してくれるのかな？

とは思《おも》ったけれど。

「ふっ。この技《わざ》だけは使《つか》いたくなかったんだがな」

わかってるよ。ノリオは、話《はな》し合《あ》いをするタイプじゃないんだよなぁ。

「田中《たなか》のお別《わか》れ会《かい》のためだ。やってやるぜ！」

叫《さけ》んだ瞬間《しゅんかん》、ノリオはとんでもない行動《こうどう》にでたんだ。

ノリオはぐいっとズボンをぬぐと、シャツにパンツ1枚《まい》という、着替《きが》えの途中《とちゅう》みたいな格好《かっこう》になった。

「え～、大久保《おおくぼ》くん？　え～、その格好《かっこう》は、え～、いったい……」

首《くび》をかしげる校長先生《こうちょうせんせい》。

あぶない格好《かっこう》のノリオがじりじりと近《ちか》づいていくと、校長先生《こうちょうせんせい》は危険《きけん》を感《かん》じてそろりそろりとうしろへさがる。

くるり。

ノリオは校長先生《こうちょうせんせい》にむけて、おしりをぐいっとつきだした。

両手《りょうて》を頭《あたま》の上《うえ》で、バチンと合《あ》わせた。

「必殺《ひっさつ》・ぶりぶり踊《おど》り！」

ノリオはおしりをぶりぶりふりながら、校長先生《こうちょうせんせい》をおいかけまわし始《はじ》めたんだ。

「なにしてんのーっ！」

ぼくは大声《おおごえ》で注意《ちゅうい》した。

ブン
ブン

けれどもノリオの顔《かお》は、本当《ほんとう》の本当《ほんとう》に、真剣《しんけん》だった。

「さぁ、みんな、いまのうちだ！」

「オレが、時間《じかん》をかせいでやるぜ！」

「「「はぁ？」」」

あぶない格好《かっこう》のノリオは、真剣《しんけん》な表情《ひょうじょう》でぼくたちに指示《しじ》をだす。

「さっき聞《き》こえたぞ！　1年生《ねんせい》から順番《じゅんばん》に、食《た》べる子《こ》たちを呼《よ》んでくるんだろ？」

「う、うん」

「オレが校長先生《こうちょうせんせい》をおしりでおいまわしているうちに、さぁ、はやく！」

それからものすごく下品《げひん》な格好《かっこう》で、ちょっとだけかっこいいことをいった。

「怒《おこ》られるのは、オレひとりだけでじゅうぶんだぜ！」

どうやらノリオは、自分《じぶん》がぎせいになることで、給食《きゅうしょく》をつづけさせようと考《かんが》えたみたいだった。

「こらっ、大久保《おおくぼ》くん！　そんな格好《かっこう》はいけませんね～」

注意《ちゅうい》をする校長先生《こうちょうせんせい》と目《め》が合《あ》うと、ノリオは、わらった。

「ふへへへへ」

「え〜、大久保《おおくぼ》くん！　やめてください！　え〜、え〜、え〜」

「そーれそれそれそれぇい！」

ノリオは頭《あたま》の上《うえ》で手《て》を合《あ》わせたまま、ぶりぶりとおしりをふって、逃《に》げる校長先生《こうちょうせんせい》をおいかけていく。

「あああああっ！　オレは、なんてやさしいんだぁぁぁぁぁ！」

「ひぇぇぇぇぇ！」

自分《じぶん》で自分《じぶん》をほめるノリオの声《こえ》と、校長先生《こうちょうせんせい》の逃《に》げていく声《こえ》が、廊下《ろうか》の奥《おく》へと小《ちい》さく消《き》えた。

ノリオの行動《こうどう》にびっくりして、誰《だれ》もピクリとも動《うご》けなかった中《なか》。

「……あ」

ユウナちゃんが声《こえ》をあげた。

「わたし、まずは1年《ねん》1組《くみ》の子《こ》たちを呼《よ》んでくるねっ！」

ユウナちゃんはいそいで家庭科室《かていかしつ》をでていった。

すぐにミナミちゃんの声《こえ》が飛《と》ぶ。

「よーし、調理再開《ちょうりさいかい》や！　他《ほか》のみんなは、ユウナがつれてくる1年生《ねんせい》がすぐに食《た》べられるよう配膳《はいぜん》を頼《たの》むわ！　食器《しょっき》やフォークの準備《じゅんび》をしたってや！　牛乳《ぎゅうにゅう》も配《くば》るんやで！」

「「「おーう！」」」

5年《ねん》1組《くみ》の全員《ぜんいん》がいっしょうけんめい働《はたら》く様子《ようす》は、ひとつのレストランみたいだった。

ノリオのとんでもない行動《こうどう》で、校長先生《こうちょうせんせい》はもう家庭科室《かていかしつ》にはこれなそうだ。

給食《きゅうしょく》は中止《ちゅうし》にならずにすむんじゃないかな。

「よかったね、田中《たなか》くん！」

「おうっ」

田中《たなか》くんはもう、ふたたび火《ひ》をつけたガスコンロで、いっしょうけんめいにトマトソースをつくっている。

「給食《きゅうしょく》を、中止《ちゅうし》にはさせたくないもんな！」

「うん！」

ぼくたちは、声《こえ》をあげてよろこんだんだけど……。

すぐに次《つぎ》のピンチが、ぼくたちのところにやってきてしまう。

ユウナちゃんが、まずは1年《ねん》1組《くみ》の子《こ》たちを、家庭科室《かていかしつ》につれてくると。

「あーあ。トマトなのかよぉ」

1年生《ねんせい》のある男《おとこ》の子《こ》が、どういうわけだか、かなしそうな顔《かお》になってしまった。

4杯目《はいめ》

バイバイ、田中《たなか》くん！

1年生《ねんせい》の男《おとこ》の子《こ》は、席《せき》につくと、残念《ざんねん》そうにトマトソースのスパゲッティのお皿《さら》を見《み》おろした。

「オレ、食《く》えないや」

ユウナちゃんが話《はなし》を聞《き》けば、この子《こ》には、トマトのアレルギーがあるという。

「そうかぁ。それは困《こま》ったね。わたしもごまのアレルギーがあるから、気持《きも》ちはよくわかるよ」

ユウナちゃんはその男《おとこ》の子《こ》をはげました。

けれどもはげましただけでは、この子《こ》の給食《きゅうしょく》は準備《じゅんび》できない。

「ねぇ、ミノルくん。どうしたらいいかな」

「そうだなぁ」

家庭科室《かていかしつ》をはねまわり、ものすごくいそがしく料理《りょうり》する田中《たなか》くんたちをぼくはながめた。

「いま3人《にん》とも、ちょっとしゃべりかけにくいよね」

田中《たなか》くんたち3人《にん》は、500人前《にんまえ》のトマトのスパゲッティを次々《つぎつぎ》とつくるのにせいいっぱいだ。

本当《ほんとう》は、この男《おとこ》の子《こ》のために、別《べつ》のメニューをつくってほしいんだけど……。

いったい、どうしたらいいんだろう？

「これだと、この子《こ》のごはんが用意《ようい》できないぞ」

ぼくやユウナちゃんには、きちんとした料理《りょうり》をつくる技《わざ》はない。

クラスの他《ほか》のみんなだって、しっかりしたアレルギーの知識《ちしき》は足《た》りていない。

すると、困《こま》ったぼくたちの顔《かお》を見《み》あげた男《おとこ》の子《こ》は。

「いいよ」

と、小《ちい》さくいった。

「え？」

「こういうの、オレ、よくあるし」

「そんなぁ」

「……でも、本当《ほんとう》は」

ちょっとだけわらった。

「田中《たなか》くんのつくったさいごの給食《きゅうしょく》、食《た》べてみたかったけどね」

「いやいや。ちょっと待《ま》ってよ」

1年生《ねんせい》の子《こ》に気《き》をつかわせてしまい、ぼくは本当《ほんとう》にすまない気持《きも》ちでいっぱいになってしまった。

そのときだ。

パカッ。

ドーナツ型《がた》テーブルの中心《ちゅうしん》の、床《ゆか》が、丸《まる》くひらいた。

「えんりょがちなキミのために、ぼくが、ごはんをつくってあげたいな！　ふはははははははははは。はは。は。はっ。**げふん。げふっ。げふんっ**」

ポーズを決《き》めた増田先輩《ますだせんぱい》が、その床《ゆか》の穴《あな》からゆっくりと、アイドルみたいにあがってきたんだ。

いつの間《ま》にやら、金色《きんいろ》の紙《かみ》ふぶきまで飛《と》んでいる。

「味気《あじけ》ない世界《せかい》に、給食《きゅうしょく》を！」

天才《てんさい》・給食《きゅうしょく》マスターの登場《とうじょう》に、男《おとこ》の子《こ》はかたまった。

「キミは、キノコは食《た》べられるかなっ？」

「は、は、はい。好《す》きです」

声《こえ》をかけられ、目《め》をまん丸《まる》にして男《おとこ》の子《こ》がこたえると……。

それからは、あっという間《ま》のできごとだった。

「増田超絶調理術《マスターミラクルクック》、……時間《クイック》★跳躍《タイム》」

一瞬《いっしゅん》だ。

フライパンを持《も》った増田先輩《ますだせんぱい》は、あざやかな手《て》つきで、キノコのスパゲッティをつくったんだ。

「さぁ、めしあがれ！」

「増田先輩《ますだせんぱい》の手料理《てりょうり》だなんて、わたしも食《た》べたいよ！」

となりにいたユウナちゃんはもちろん、まわりの子《こ》たちも、本気《ほんき》でうらやましがっていた。

フライパン片手《かたて》に、増田先輩《ますだせんぱい》は呼《よ》びかけた。

「アレルギーのある子《こ》は、かならず、この増田《ますだ》に伝《つた》えてくれたまえ！　キミのためのごはんは、ぼくが用意《ようい》するよ！　ふははははははははははは。はは。は。はっ。**げふん。げふっ。げふんっ**」

「先輩《せんぱい》っ、ありがとうございます」

必死《ひっし》に料理《りょうり》している田中《たなか》くんたちの代《か》わりに、ぼくは先輩《せんぱい》にお礼《れい》をいいにかけ寄《よ》った。

「なーに。給食《きゅうしょく》マスターとして、あたり前《まえ》のことさ」

「でも、先輩《せんぱい》。2時間目《じかんめ》が始《はじ》まる前《まえ》には、『助《たす》けない』っていっていたのに……？」

「ふふふふふ。ミノルくん」

先輩《せんぱい》は、いつの間《ま》に洗《あら》ったのか、いま使《つか》っていたフライパンをコトンと置《お》きながらいった。

「ぼくはね、なにもしないうちから『助《たす》けてください』っておねがいされるのは、あまり好《す》きではないんだ。でもね」

先輩《せんぱい》はぼくから視線《しせん》を外《はず》した。

先輩《せんぱい》の目線《めせん》の先《さき》には、いっしょうけんめい調理《ちょうり》をしている田中《たなか》くんたち3人《にん》の姿《すがた》があった。

それから、もう一回《いっかい》、ぼくを見《み》た。

「がんばっている後輩《こうはい》たちには、全力《ぜんりょく》で協力《きょうりょく》をしたいのさ！」

増田先輩《ますだせんぱい》の助《たす》けもあって、さいごの給食《きゅうしょく》づくりはスムーズに進《すす》んだ。

でも。

「あの、増田先輩《ますだせんぱい》」

ぼくは、ひとつだけかくにんをしたかった。

「増田先輩《ますだせんぱい》は、田中《たなか》くんのお別《わか》れ会《かい》ができるっていってましたよね？」

「ああ、そうだね」

いいにくかったんだけど、ぼくは伝《つた》える。

「でも、じつは、もうできなくなっちゃったんですよ」

ぼくは、さっき田中《たなか》くんとミナミちゃんとしゃべった話《はなし》を先輩《せんぱい》に告《つ》げた。

「うーん。ミノルくん」

先輩《せんぱい》は笑顔《えがお》でこたえた。

「キミは、どういうものが、お別《わか》れ会《かい》だと思《おも》っているのかな？」

「え？」

一瞬《いっしゅん》、なにを聞《き》かれたのか、よくわからなかった。

必死《ひっし》にスパゲッティをつくりつづけている田中《たなか》くんを、増田《ますだ》先輩《せんぱい》はうれしそうに遠《とお》くながめた。


「ぼくには、田中《たなか》くんのお別《わか》れ会《かい》が、順調《じゅんちょう》に進《すす》んでいるようにしか見《み》えないなぁ」

「ええっ？」

順調《じゅんちょう》って、お別《わか》れ会《かい》はできなくなっちゃったはずなのに？

「いいかい、ミノルくん」

増田先輩《ますだせんぱい》は、ひとさし指《ゆび》をピンと立《た》てた。

「お別《わか》れ会《かい》とは、いなくなってしまうひとへ感謝《かんしゃ》をあらわす会《かい》なのさ」

「感謝《かんしゃ》を、あらわす……ですか？」

「ああ、そうだね」

「うーん？」

ぼくはまだ。

このとき増田先輩《ますだせんぱい》がいっていることを、理解《りかい》できてはいなかった。

結局《けっきょく》、田中《たなか》くんのために体育館《たいいくかん》で盛大《せいだい》なお別《わか》れ会《かい》はできなかったんだけど。

「ミナミっ、そろそろ次《つぎ》の麺《めん》がゆであがるよぉ！」

「OK《オーケー》！　なぁ、田中《たなか》っ。トマトソースは足《た》りとるかっ？」

「あ。やっべぇ！　トマトの缶詰《かんづめ》がもうないや！」

それを聞《き》いたミナミちゃんはいそいで缶詰《かんづめ》をあけて、鍋《なべ》に足《た》してあげた。

「サンキュー、ミナミ！」

「田中《たなか》、もう少《すこ》しやで！」

「おう！」

それから田中《たなか》くんは、家庭科室《かていかしつ》で働《はたら》く5年《ねん》1組《くみ》のみんなに声《こえ》をはった。

「みんな！　5年《ねん》1組《くみ》の分《ぶん》はさいごになっちゃうけどさぁ、終《お》わったら、おいしい給食《きゅうしょく》をみんなで一緒《いっしょ》に食《た》べようぜ！」

「「「おーう！」」」

ぼくは使《つか》ったばかりのお皿《さら》とフォークを必死《ひっし》に洗《あら》いながら、大《おお》きな声《こえ》で返事《へんじ》した。

こうしてぼくたちはみんなで協力《きょうりょく》して、全校分《ぜんこうぶん》の給食《きゅうしょく》をつくり終《お》えたんだ。

＊

1年生《ねんせい》から6年生《ねんせい》までが、順番《じゅんばん》にみんな食《た》べて、帰《かえ》ってから。

料理《りょうり》していた3人《にん》は、そのまま床《ゆか》にへなへなと座《すわ》った。

「あー、きつかったぁ！」

「うちの食堂《しょくどう》よりもたいへんやったわ！」

「準備《じゅんび》した食材《しょくざい》は、ぜ〜んぶ使《つか》いきったよ！」

5年《ねん》1組《くみ》のみんなだって、大《おお》いそがしだったから、もうへろへろだ。

「あ、そうだっ」

つかれているのに、田中《たなか》くんは立《た》ちあがった。

「増田先輩《ますだせんぱい》に、お礼《れい》をいわなきゃいけないぞ」

でも。

「あれ？　……いない」

田中《たなか》くんにいわれ、ぼくもあたりを見《み》まわした。

たしかに増田先輩《ますだせんぱい》は、もうすでに家庭科室《かていかしつ》からいなくなっていた。手助《てだす》けだけをして、
風《かぜ》のように消《き》えていた。

「帰《かえ》っちゃったみたいだね」

「おう。お礼《れい》をいいたかったんだけど……」

「おーい、田中《たなか》っ！」

いつの間《ま》にか帰《かえ》ってきていたらしい。

ノリオが、会話《かいわ》に割《わ》りこんできた。

「オレはもう踊《おど》りすぎて腹《はら》ペコなんだ。はやく『いただきます』をしようぜ」

「おう、そうだな」

「ずーっと校長先生《こうちょうせんせい》をおいかけまわしてたら、すげーつかれたぜぇ」

ノリオはおしりをぶりぶりさせながら、学校中《がっこうじゅう》を走《はし》りまわったらしかった。

「じゃあ、みんなで食《た》べようか」

田中《たなか》くんは、スパゲッティとソースをよそいにむかった。

さいごにとっておいた5年《ねん》1組《くみ》の分《ぶん》を、配膳《はいぜん》しようとした、そのときだった。


「えええええっ？」

田中《たなか》くんの大声《おおごえ》に、クラスのみんなが注目《ちゅうもく》した。

田中《たなか》くんはゆであがったスパゲッティのはいった大《おお》きなボウルをのぞきこんでいたんだけれど。

「……麺《めん》が、ないぞ」

「「「えええええっ？」」」

今度《こんど》はクラス全体《ぜんたい》が叫《さけ》んだ。

「あ、いや。ないっていうか、ちょっとしかのこってないんだ」

なんだって！

ものすごーく、いやな予感《よかん》がした。

ぼくはトマトソースのはいった大《おお》きな鍋《なべ》にあわててかけ寄《よ》り、のぞきこむ。

「ああああっ」

信《しん》じられないよ。

「こっちのトマトソースも、あんまりのこってない！」

いったい、どういうことだろう？

配分《はいぶん》をまちがえたのか、スパゲッティも、トマトソースも、5年《ねん》1組《くみ》の人数分《にんずうぶん》にはぜんぜん足《た》りていなかった。

「んなアホな。しっかり計算《けいさん》したんやで。ぴったり500人前《にんまえ》になるよう、工夫《くふう》して調節《ちょうせつ》したはずなんやけど……？」

ミナミちゃんも首《くび》をかしげた。

すると。

「へへへへへ」

胸《むね》をはったノリオが、鼻毛《はなげ》を丸《まる》だしにして、わらっていたんだ。

ますます、いやな予感《よかん》がした。

「オレが、6年生《ねんせい》に、親切《しんせつ》をしたぞ！」

「どういうこと？」

ノリオの話《はなし》を聞《き》いていくほど、みんなの顔《かお》がひきつっていく。

さいごに6年生《ねんせい》がきたころには、ノリオは校長先生《こうちょうせんせい》をおいかけるのをやめて、家庭科室《かていかしつ》に戻《もど》ってきていたらしいんだけど。

配膳《はいぜん》するクラスの子《こ》たちを見《み》ているうちに、ノリオは気《き》がついた。

「……麺《めん》も、トマトソースも、あまっちゃうぞ」

そこには、さいごに食《た》べる予定《よてい》の、5年《ねん》1組《くみ》の分《ぶん》もはいっていたのに！

「のこしちゃダメだよな。食《た》べきったほうがいいに決《き》まってるぜ！」

そう考《かんが》えたノリオは、6年生《ねんせい》には「親切《しんせつ》」をして、こっそりと麺《めん》もソースも多《おお》めに配膳《はいぜん》後のお皿に足していったらしい。

5年《ねん》1組《くみ》のみんなはあまりにいそがしく働《はたら》いていて、ノリオの「親切《しんせつ》」には、誰《だれ》も気《き》がつかなかったんだ。

5年《ねん》1組《くみ》の分《ぶん》はさいごにすると決《き》めていた。

ところがノリオは、その一部《いちぶ》を配《くば》ってしまっていたみたいだ。

「なんてことをしちゃったんだよ！」

「へ？」

叫《さけ》ぶぼくを見《み》て、ノリオはポカンと口《くち》をあけた。

「でもよぉ、ミノル。1年《ねん》から順番《じゅんばん》によそってたんだから、6年《ねん》の分《ぶん》がさいごだろ？　食《た》べのこしは、少《すく》ないほうがいいに決《き》まってるじゃねぇか」

ノリオは、校長先生《こうちょうせんせい》をおいかけまわして家庭科室《かていかしつ》にいなかった。

だから、5年《ねん》1組《くみ》の分《ぶん》をさいごにとっておいたってことは、知《し》らなかったんだ。

悪気《わるぎ》がないのは、わかってるよ。

でも……っ！

「ノリオ、ひどいよ！」

くやしくて、ぼくは声《こえ》をあげた。

「ふへ？」

ノリオはきょとんとして、ぼくを見《み》おろしたままだ。

ぼくは両手《りょうて》をグーにして強《つよ》くにぎっていた。

「ただでさえ、田中《たなか》くんのお別《わか》れ会《かい》を体育館《たいいくかん》で盛大《せいだい》にできなかったんだ。だからせめて給《きゅう》食《しょく》は、みんなで楽《たの》しく食《た》べたかったのに！」

「なぁ、ミノル。笑顔《えがお》、笑顔《えがお》っ」

ぴょんぴょんはねるロベルトが、ぼくをおちつかせようとしたけど……。

「だってロベルト！　今日《きょう》は、さいごの給食《きゅうしょく》なんだよ！」

「それは、そうだけど。ほら、わらって！　ノリオもわざとやったわけじゃないよ」

「でもっ」

「いいんだよ、ミノル」

つかれてへろへろの笑顔《えがお》で、田中《たなか》くんはぼくに声《こえ》をかけた。

「だって、田中《たなか》くん……っ」

「ほら。見《み》てみろよ」

田中《たなか》くんは、家庭科室《かていかしつ》の入《い》り口《ぐち》を指《ゆび》さした。

その指《ゆび》の先《さき》には……。

「田中《たなか》くん、ありがとう！」

「転校《てんこう》しても、元気《げんき》でね」

「スパゲッティ、おいしかったよ」

先《さき》に食《た》べ終《お》わった下級生《かきゅうせい》たちが、お礼《れい》をいいに、戻《もど》ってきてくれていた。

もちろんミナミちゃんやロベルトや、5年《ねん》1組《くみ》の子《こ》たちにも、次々《つぎつぎ》とお礼《れい》をいっていく。

ミナミちゃんが、満足《まんぞく》そうに口《くち》をひらいた。

「つくって、食《た》べてもらって、うまいっていってくれれば、つくったうちらが腹《はら》ペコでもそんなに悪《わる》い気《き》はせぇへんもんね」

「オイラもへろへろだけど、みんなうまそうに食《た》べてくれて、うれしかったよ」

「おう。そうだな。こんなによろこんでくれたんだったら、それでじゅうぶんさ」

田中《たなか》くんはぼくに近《ちか》づく。

「体育館《たいいくかん》でお別《わか》れ会《かい》ができなくたって、だいじょうぶだ。ミノル」

「田中《たなか》くん？」

「ミノルがオレのことを思《おも》ってくれてるって、オレ、すっげーわかってるから。な？」

「……うん」

ぼくは、いちおう、うなずいた。

でも、本当《ほんとう》はまだ。

少《すこ》しだけ納得《なっとく》できていなかったんだけど……。

「ねぇ、ミノルくん」

ユウナちゃんの言葉《ことば》で、ぼくの気持《きも》ちは変《か》わったんだ。

「学校中《がっこうじゅう》のみんなが、田中《たなか》くんに感謝《かんしゃ》を伝《つた》えに戻《もど》ってくるなんて、すごいよね」

「うん。そうだね」

「ひょっとしたらこれって、ものすごくすてきなお別《わか》れ会《かい》なのかもしれないよ」

「え？」

あ。

そうか。

もしかしたら。

「……増田《ますだ》先輩《せんぱい》が、そんなこと、いってたかも？」

――お別《わか》れ会《かい》とは、いなくなってしまうひとへ感謝《かんしゃ》をあらわす会《かい》なのさ。


これって、もしかして、増田《ますだ》先輩《せんぱい》の考《かんが》えたとおりになったってことなのかな？

卒業式《そつぎょうしき》みたいに、盛大《せいだい》なお別《わか》れ会《かい》じゃないけれど……。

「これはこれで、大成功《だいせいこう》なのかもしれないなぁ」

笑顔《えがお》の下級生《かきゅうせい》たちにかこまれた田中《たなか》くんを見《み》れば、ぼくはこれでよかったのかもしれないぞと思《おも》うことができたんだ。

「ありがとう、田中《たなか》くん」

「いっしょうけんめいつくってくれて、つかれたでしょ？」

「なんで転校《てんこう》しちゃうんだよー」

学校中《がっこうじゅう》から次々《つぎつぎ》と田中《たなか》くんに会《あ》いにくる子《こ》たちは、とぎれることがなかった。

それから。

のこり少《すく》ないスパゲッティを、５年《ねん》１組《くみ》のみんなでちょっとずつわけ合《あ》った。

「え？　オイラはとなりのクラスだけど、いいの？」

「あたり前《まえ》だろ！」

田中《たなか》くんは、ロベルトには、ちょっと多《おお》めによそってあげていた。自分《じぶん》の分《ぶん》なんか、他《ほか》のひとよりずっと少《すく》なめだったのに。

スパゲッティ以外《いがい》の、牛乳《ぎゅうにゅう》やフォークの配膳《はいぜん》も終《お》わった。

「お待《ま》たせっ！」

ドーナツ型《がた》のテーブルに着席《ちゃくせき》したみんなに、田中《たなか》くんは声《こえ》をかけた。

「さぁ、食《た》べようぜ！」

田中《たなか》くんの呼《よ》びかけにこたえて、今日《きょう》の日直《にっちょく》が声《こえ》をあげる。

「それでは、いた～だき～ます！」

「「いた～だき～ます！」」

こうして。

田中《たなか》くんとのさいごの給食《きゅうしょく》が始《はじ》まった。

*

「なぁ、ミノル」

ぼくのとなりに座《すわ》った田中《たなか》くんは、自分《じぶん》のお皿《さら》をぼくに見《み》せた。

ふた口《くち》も食《た》べればなくなっちゃうくらい、スパゲッティの量《りょう》は本当《ほんとう》に少《すく》ない。

「オレ、思《おも》うんだけどさぁ、給食《きゅうしょく》って、別《べつ》にごうかじゃなくたっていいんだよ。ま、御石井《おいしい》小学校《しょうがっこう》の給食《きゅうしょく》は、いつもめちゃくちゃうまいけど」

「え、どうして？」

ぼくは正直《しょうじき》、ごうかなほうがうれしいかなって思《おも》っちゃうんだけど。

「給食《きゅうしょく》を食《た》べてるときってさ、クラスで一緒《いっしょ》にすごしてるだろ？」

「うん」

「それってな、きっと、一緒《いっしょ》の思《おも》いでができる時間《じかん》なんだよ」

「一緒《いっしょ》の思《おも》いでができる時間《じかん》？」

「ああ、そうさ。ごうかな給食《きゅうしょく》じゃなくたって、【みんなで、楽《たの》しく、食《た》べる】ことはできるだろ？」

給食《きゅうしょく》の時間《じかん》は、思《おも》いでができる時間《じかん》。

田中《たなか》くんはそんなことをいった。

「だから、今日《きょう》みたいに量《りょう》が少《すく》なくったって、思《おも》いではできるさ。それでいいと、オレは思《おも》うんだ」

「そうか……。そうだね。そうかもしれないね」

ちょびっとしかないスパゲッティを見《み》おろしながら、ぼくはつづけた。

「【みんなで、楽《たの》しく、食《た》べる】と、たしかにいい思《おも》いでが増《ふ》えていくもんね！」

思《おも》いで。

という言葉《ことば》を聞《き》いたからかもしれない。

「なぁ、田中《たなか》」

ミナミちゃんが田中《たなか》くんに呼《よ》びかけた。

それはそれは、真剣《しんけん》な表情《ひょうじょう》で。

「うちはむかしっからなぁ、おまえのことはずーっと料理《りょうり》のライバルだとは思《おも》ってたんや。けどな、なんで、うちが料理勝負《りょうりしょうぶ》に勝《か》つ前《まえ》に、転校《てんこう》してまうんや？」

ミナミちゃん、泣《な》いてた。

「……転校《てんこう》しても、田中《たなか》はうちのライバルや！」

「もちろんだぜ！」

真剣《しんけん》なミナミちゃんにこたえて、田中《たなか》くんも真剣《しんけん》にうなずいた。

「オイラは、田中《たなか》には感謝《かんしゃ》してるんだぁ」

ロベルトはにこにこしながらしゃべりだした。

「田中《たなか》との料理対決《りょうりたいけつ》で負《ま》けちゃったときは本当《ほんとう》にくやしかったよ。けど、こんなにすごいやつと会《あ》えたんだ。オイラも負《ま》けてられないぞって、思《おも》えたんだよね」

なみだをためた目《め》で、にこりとわらった。

「そのうえ田中《たなか》の父《とう》さんには、オイラ、料理《りょうり》の修業《しゅぎょう》をつけてもらったし、田中家《たなかけ》には感謝《かんしゃ》ばっかりだよ」

気《き》づけば。

ひとりひとりが、田中《たなか》くんへの感謝《かんしゃ》のメッセージを伝《つた》え始《はじ》めていた。

「学校以外《がっこういがい》でも、田中《たなか》くんはわたしたちの相談《そうだん》にのってくれたよね」

今度《こんど》はユウナちゃんだ。

「田中《たなか》くんがいなかったら、捨《す》て犬《いぬ》だったうちのプリンの命《いのち》は、きっとすくえなかったと思《おも》うの」

田中《たなか》くんの活躍《かつやく》のおかげで、ユウナちゃんは犬《いぬ》を飼《か》うことができるようになった。

「わたしは田中《たなか》くんに、家族《かぞく》の命《いのち》を助《たす》けてもらったって思《おも》ってるよ」

「オレと母《かあ》ちゃんとのケンカを解決《かいけつ》してくれたこともあったぞ」

ノリオが低《ひく》い声《こえ》でしゃべる。

「田中《たなか》は給食《きゅうしょく》や料理《りょうり》で、困《こま》りごとをなんだって解決《かいけつ》してくれるんだよな。田中《たなか》は、オレに負《ま》けないくらい親切《しんせつ》なやつだぜ」

他《ほか》の子《こ》たちも、それぞれ感謝《かんしゃ》の言葉《ことば》を伝《つた》えていく。

もちろん、ぼくだって。

「田中《たなか》くん……っ」

田中《たなか》くんに伝《つた》えたいことがたくさんあった。

「牛乳《ぎゅうにゅう》も、ピーマンも、他《ほか》のきらいな食《た》べ物《もの》も、田中《たなか》くんのおかげで、ぼくは食《た》べられるようになったんだ。こんなにきらいな食《た》べ物《もの》があるのに、生《う》まれて初《はじ》めて、給食《きゅうしょく》の時間《じかん》が楽《たの》しいって思《おも》えるようになったんだ。もしも田中《たなか》くんがいなかったら、ぼく、転校《てんこう》してきて学校《がっこう》がこんなに楽《たの》しいって思《おも》えなかったかもしれないよ。田中《たなか》くんは、本当《ほんとう》にすごいんだよ」

「ありがとう、ミノル」

うれしそうにわらう田中《たなか》くん。

「本当《ほんとう》はね」

ちょっといいにくかったけど、ぼくはつづけた。

「一番《いちばん》の友《とも》だちには、ひっこしてほしくなんかないんだ。いまだってそうだよ。転校《てんこう》なんてしてほしくないよ」

「ミノル……」

「でも、ぼくはそんな一番《いちばん》の友《とも》だちを、大事《だいじ》な田中《たなか》くんを、笑顔《えがお》で送《おく》りだしたいんだ」

笑顔《えがお》で、って自分《じぶん》でいったのに。

ぼくは途中《とちゅう》から泣《な》いてしまっていた。

聞《き》きとりづらいなみだ声《ごえ》だったけど、田中《たなか》くんはうなずきながら、にこにこと、ぼくの話《はなし》を聞《き》いてくれた。

他《ほか》の子《こ》たちも口々《くちぐち》に、田中《たなか》くんに思《おも》いをぶつける。

「むこうにいったら、手紙《てがみ》よこせよ！」

「ひっこしたって、オレたちのことを忘《わす》れるなよ！」

「田中《たなか》くんならどこに転校《てんこう》したって、きっとクラスの人気者《にんきもの》だね！」

田中《たなか》くんは、だまったままだった。

じっと、ぼくたちの声《こえ》に耳《みみ》をかたむけていた。

「でもなぁ、オイラ、本当《ほんとう》は」

なみだ目《め》のロベルトが田中《たなか》くんにかけ寄《よ》った。

「田中《たなか》ともっと一緒《いっしょ》に、放課後《ほうかご》にサッカーしたかったよぉ！」

すると、田中《たなか》くんの表情《ひょうじょう》が——。

なんだか、気《き》まずそうなものに変《か》わった。

「えーと、それがさぁ」

おかしなことをいう。


「……できるん、だよな」


「ん？」

なみだをひっこめたロベルトは、首《くび》をかしげる。

「なぁ、ロベルト。これからもオレたちは一緒《いっしょ》に、放課後《ほうかご》にサッカーをできるんだ」

一緒《いっしょ》にサッカーができるっていうのは、聞《き》いてうれしい言葉《ことば》のはずだ。

でも、田中《たなか》くんは気《き》まずそうな顔《かお》のまま。

「え？　どういうこと？」

ぼくはあわてて尋《たず》ねた。

「田中《たなか》くんは、ひっこしをするんだよね？」

「おう」

「転校《てんこう》も、するんだよね」

「おう」

それから田中《たなか》くんは、ひとさし指《ゆび》でほほをかいた。

ミナミちゃんと目《め》を合《あ》わせる。

「みんなに、ずーっといえなかったことがあるんだ……」

急《きゅう》にまじめな顔《かお》になり、クラスのみんなを見《み》まわしてから。

田中《たなか》くんは、ゆっくりとしゃべりだした。

「じつは、オレが転校《てんこう》するのは……」

まじめな顔《かお》のまま、田中《たなか》くんは窓《まど》の外《そと》を指《ゆび》さした。

「ひとつとなりの小学校《しょうがっこう》なんだ」

「「……へっ？」」

「しかもひっこし先《さき》の家《いえ》は、御石井小学校《おいしいしょうがっこう》とあたらしい小学校《しょうがっこう》との、ちょうど真《ま》ん中《なか》くらいなんだよ」

んんんっ？

「それってどういうこと？」

よーく話《はなし》を聞《き》いてみると。

田中《たなか》くんのひっこし先《さき》は、御石井小学校《おいしいしょうがっこう》のとなりの学区《がっく》にある家《いえ》で、御石井小学校《おいしいしょうがっこう》からだって歩《ある》いて15分《ふん》くらいの場所《ばしょ》みたいだった。

意外《いがい》な事実《じじつ》に、クラスのみんながかたまってから。

「「「すっげー近《ちか》くじゃん！」」」

みんなの声《こえ》が、合《あ》わさった。

ミナミちゃんの家《いえ》の「難波食堂《なんばしょくどう》」なんか、歩《ある》いて数分《すうふん》の距離《きょり》じゃないか。田中《たなか》くんがいま住《す》んでいる団地《だんち》よりも、ずっと近《ちか》くなるくらいだ。

「はぁぁぁぁ？　おい、田中《たなか》っ！」

ミナミちゃんは泣《な》きながら文句《もんく》をいう。

「さっきのうちのなみだをかえせ！」

文句《もんく》をいってはいるけれど、田中《たなか》くんが遠《とお》くにいかないんだってわかって、ミナミちゃんはうれしそうだった。

ユウナちゃんが尋《たず》ねた。

「でも、田中《たなか》くん。どうしてさいしょから教《おし》えてくれなかったの？」

「そうだよ、田中《たなか》くん」

ぼくも、ユウナちゃんとまったく同《おな》じ気持《きも》ちだった。

「ふつうにいってくれたらよかったのに」

田中《たなか》くんはもうしわけなさそうにこたえる。

「ひっこし先《さき》が、すぐ会《あ》える場所《ばしょ》だったからさ」

「え？」

「すぐ会《あ》えるから、いわなくてもだいじょうぶだと思《おも》ったんだよな。あんまり、おおげさにしたくなかったんだ」

「なにそれ！」

ユウナちゃんが目《め》を丸《まる》くしておどろく。

「だって、転校《てんこう》したって、友《とも》だちはずっと友《とも》だちだろ？」

「そりゃそうだけど……」

「でもな、オレ、途中《とちゅう》で気《き》づいちゃったんだよ」

急《きゅう》に、田中《たなか》くんはすまなそうな顔《かお》になった。

「もうみんなと一緒《いっしょ》に、給食《きゅうしょく》を食《く》えなくなるんだなぁって」

「え、そこなの？」

ぼくは思《おも》わず聞《き》きかえした。

「おう。だって、5年《ねん》1組《くみ》で、みんなとオレとの給食《きゅうしょく》の時間《じかん》の思《おも》いでは、もうこれ以上《いじょう》増《ふ》えないってことなんだぜ？」

田中《たなか》くんの発言《はつげん》に、クラスはしずかになった。

みんな真剣《しんけん》に、田中《たなか》くんの話《はなし》を聞《き》いていた。

「そしたら、急《きゅう》に、ものすごーくさみしくなっちゃったんだ。転校《てんこう》するってみんなにいいだすのが、すげー怖《こわ》くなっちゃったんだ」

ひっこし先《さき》を『みんなには教《おし》えなくていいです』って多田見先生《ただみせんせい》にいってあったのは、田中《たなか》くんが自分《じぶん》の口《くち》からきちんと伝《つた》えたかったからなんだそうだ。

「みんな」

田中《たなか》くんは頭《あたま》を下《さ》げた。

「ずーっとだまってて、ごめん」

しずまりかえった5年《ねん》1組《くみ》。

みんな、どういう声《こえ》をかけたらいいのか、困《こま》ってしまったみたいだ。

しずかになった教室《きょうしつ》で。

ぼくがさいしょに口《くち》をひらいた。

「ねぇ、田中《たなか》くん。あやまらないでよ」

「……ミノル」

田中《たなか》くんは頭《あたま》をあげた。

すまなそうな顔《かお》のままの田中《たなか》くんに、ぼくはこんなことをいったんだ。

「そうだっ。今日《きょう》、まだカンパイをしていないよね」

「え？」

急《きゅう》に話《はなし》が変《か》わって、ちょっとおどろく田中《たなか》くん。

「お、おう。そうだな」

「いま、やってよ」

「い、いまかよ？」

田中《たなか》くんはちょっとやりにくそうだった。

ずーっとかくしていたことを、みんなに伝《つた》えたばかりだったからね。

でも、ぼくは強《つよ》くおねがいした。

「田中《たなか》くんがいなくなっちゃうことは、やっぱり、すごくさみしいんだ。でも、だからね」

ぼくは牛乳《ぎゅうにゅう》ビンを手《て》に持《も》つ。

「田中《たなか》くんがいなくなったあとのぼくたち5年《ねん》1組《くみ》が下《した》をむかないように、元気《げんき》に、上《うえ》をむいて、カンパイをしたいんだよ」

「ミノル……」

と、田中《たなか》くんが見《み》まわすと。

「……あ。みんな」

クラスのみんなも、同《おな》じ気持《きも》ちだったみたいだ。

みんな自然《しぜん》に、牛乳《ぎゅうにゅう》ビンを持《も》っていた。

しばらく考《かんが》えてから。

田中《たなか》くんは、大《おお》きくうなずいた。

「そしたら、いくぜっ！」

田中《たなか》くんは元気《げんき》な笑顔《えがお》で、牛乳《ぎゅうにゅう》ビンを高《たか》くあげた。

「今日《きょう》で、オレは転校《てんこう》だぁ！」

「「そうだ〜！」」

「さいごも元気《げんき》に、楽《たの》しくいくぞぉ！」

「「うお〜！」」

牛乳《ぎゅうにゅう》ビンを高《たか》くあげた田中《たなか》くんを中心《ちゅうしん》に、ぼくたちの気持《きも》ちがひとつになった。

「オレたちの、さいごの給食《きゅうしょく》にい……」

『『カンパ〜イ！』』

田中《たなか》くんが、いなくなる。

そこは、やっぱり変《か》わらなかった。

そのかなしい気持《きも》ちを吹《ふ》き飛《と》ばそうと、ぼくたちはさいごのカンパイをした。

そりゃかなしかったけど。

カンパイをするぼくたちは、顔《かお》を下《した》にむけてなんかいなかった。

今日《きょう》のことは、田中《たなか》くんにも、ぼくたちにも、ぜったいに忘《わす》れられない思《おも》いでになるんだろうな。

*

放課後《ほうかご》になった。

田中《たなか》くんとの、ふたりのさいごの下校《げこう》だ。

「ひっこしたら、あそびにきてくれよな」

「うん！」

家《いえ》の近《ちか》くの、さいごのわかれ道《みち》にきたときに、ぼくはなかなか「バイバイ」とはいいだせなかった。

それは田中《たなか》くんも、同《おな》じだったみたいだ。

なんとなくいつものようにしゃべっていた。

けれども、こういう下校中《げこうちゅう》のおしゃべりも、もうできなくなっちゃうんだ。

お別《わか》れの時間《じかん》は、近《ちか》づいていた。

「田中《たなか》くん。ぼくね、考《かんが》えがあるんだ」

「考《かんが》え？　なんだよ、ミノル？」

「5年《ねん》1組《くみ》の牛乳《ぎゅうにゅう》カンパイ係《がかり》を、永久欠番《えいきゅうけつばん》にしたいんだ。5年《ねん》1組《くみ》の牛乳《ぎゅうにゅう》カンパイ係《がかり》は、田中《たなか》くんしかいないからね。ぼく、多田見先生《ただみせんせい》におねがいしてみるよ」

「ははは。ありがとう」

わかれ道《みち》で、ずいぶん長《なが》い時間《じかん》、ふたりでしゃべっていた。

そろそろ、日《ひ》が暮《く》れ始《はじ》めたころ。

「なぁ、ミノル」

田中《たなか》くんが、きりだした。

「そしたら、そろそろ帰《かえ》ろうか」

「うん。そうだね」

ぼくはなるべく笑顔《えがお》になって、田中《たなか》くんに手《て》をふった。

「バイバイ、田中《たなか》くん！」

「おう。ミノル、じゃあな！」

いつものただのふつうの会話《かいわ》なのに。

なんだかとっても大事《だいじ》なものに思《おも》えたよ。

ぼくはなるべく笑顔《えがお》のまま、いつまでもいつまでも、田中《たなか》くんを見送《みおく》った。

田中《たなか》くんが見《み》えなくなると、ぼくはひとり、つぶやいた。

「田中《たなか》くんが、5年《ねん》1組《くみ》から、とうとういなくなっちゃった」

田中《たなか》くんの姿《すがた》が見《み》えなくなると、ぼくの目線《めせん》は自然《しぜん》に地面《じめん》へと落《お》ちた。

「……おや？」

そして、いつの間《ま》にか。

ひとりになったぼくのほほを、なみだがどんどん流《なが》れていた。

やっぱりかなしいのを、がまんすることはできなかったみたいだ。

でもね。

「……うん。そうだよ」

ここでぼくは、ぐっとなみだをこらえる。

「下《した》をむいてちゃ、ダメなんだよ」

右手《みぎて》に、牛乳《ぎゅうにゅう》ビンを持《も》ったフリをする。

「あたらしい暮《く》らしが始《はじ》まる田中《たなか》くんにぃ……」

目線《めせん》をあげた。

どこまでもつづく夕方《ゆうがた》の空《そら》が、ぼくの目《め》の前《まえ》には広《ひろ》がっていた。

「カンパイ……っ」

せいいっぱいの笑顔《えがお》で、ぼくは右手《みぎて》を高《たか》くあげた。

田中《たなか》くんとの友情《ゆうじょう》が、ずっとつづくことを信《しん》じて。

あとがき

こんにちは。
並木《なみき》たかあきです。
この本《ほん》で『牛乳《ぎゅうにゅう》カンパイ係《がかり》、田中《たなか》くん』は終《お》わります。
いままで読《よ》んでくれた読者《どくしゃ》のみなさま、どうもありがとうございました。

今回《こんかい》の話《はなし》は、パソコンの横《よこ》に1巻《かん》を置《お》いて、その表紙《ひょうし》を見《み》ながら書《か》きました。1巻《かん》の表紙《ひょうし》イラストを初《はじ》めて見《み》たときに感《かん》じた元気《げんき》で前《まえ》むきなイメージが、『田中《たなか》くん』というお話《はなし》の中心《ちゅうしん》にあるんじゃないかなと思《おも》ったからです。
そして、ずーっと表紙《ひょうし》のイラストを見《み》ていて思《おも》ったのですが、フルカワマモる先生《せんせい》のイラストは、やっぱりホントにすてきですね！

読《よ》んでくれた感想《かんそう》を送《おく》ってくれる子《こ》もいて、とてもありがたかったです。たくさん読《よ》みかえしました。ぼくの宝物《たからもの》になりました。どうもありがとう。

中《なか》には新刊《しんかん》がでるたび、感想《かんそう》をびっしりと書《か》いて手紙《てがみ》を送《おく》ってくれる子《こ》もいました。こんなにうれしいことはなかなかありません。ものすごーく感謝《かんしゃ》をしています。

さいごになりましたが、ここまで『田中《たなか》くん』をつづけることができたのは、読者《どくしゃ》のみなさまはもちろんのこと、担当編集者様《たんとうへんしゅうしゃさま》をはじめ、イラストのフルカワマモる先生《せんせい》、みらい文庫編集部《ぶんこへんしゅうぶ》のみなさま、直接《ちょくせつ》お会《あ》いできていなくともお力《ちから》をお貸《か》しいただいたみなさまのおかげです。

それでは。

本当《ほんとう》に、どうもありがとうございました。

並木《なみき》たかあき

この物語《ものがたり》はフィクションです。実際《じっさい》に食事《しょくじ》をする際《さい》は、食品《しょくひん》のアレルギーなどに
十分《じゅうぶん》に注意《ちゅうい》してバランスのいい食事《しょくじ》を心《こころ》がけましょう!

集英社みらい文庫

牛乳《ぎゅうにゅう》カンパイ係《がかり》、田中《たなか》くん

ありがとう田中《たなか》くん！　お別《わか》れ会《かい》で涙《なみだ》のカンパイ！

並木《なみき》たかあき　作

フルカワマモる　絵

ファンレターのあて先
〒101-8050　東京都千代田区一ツ橋2-5-10　集英社みらい文庫編集部
いただいたお便りは編集部から先生におわたしいたします。

2018年11月27日　第1刷発行

発行者　北畠輝幸
発行所　株式会社 集英社
〒101-8050　東京都千代田区一ツ橋2-5-10
電話　編集部 03-3230-6246
読者係 03-3230-6080
販売部 03-3230-6393(書店専用)
http://miraibunko.jp
装　丁　高岡美幸（POCKET）　中島由佳理
印　刷　図書印刷株式会社　凸版印刷株式会社
製　本　図書印刷株式会社

★この作品はフィクションです。実在の人物・団体・事件などにはいっさい関係ありません。
ISBN978-4-08-321470-7　C8293　N.D.C.913　188P　18cm

から逃《に》げきれ!!!!
命《いのち》がけの鬼《おに》ごっこスタート!
学《がっ》校《こう》内《ない》でライオンが暴《ぼう》走《そう》!
弟《おとうと》・蓮《れん》と同《どう》級《きゅう》生《せい》・陽《ひ》菜《な》と逃《に》げる!
大《だい》コーフン学園《がくえん》ホラー第《だい》1弾《だん》
夏休《なつやす》み、忘《わす》れ物《もの》をとりに
緑ケ原小《みどりがはらしょう》に向《む》かった兄弟《きょうだい》、大地《だいち》と蓮《れん》。
学校《がっこう》に入《はい》ると突然《とつぜん》、
どう猛《もう》なライオンがあらわれた
飼育委員《しいくいいん》をしていた陽菜《ひな》もまきこんで、
ツメやキバをむきだしにしておそってくる
ライオンから学校中《がっこうじゅう》を逃《に》げまわる!!
緊急事態《きんきゅうじたい》のなか、大地《だいち》は蓮《れん》と陽菜《ひな》に
ある秘密《ひみつ》を打《う》ち明《あ》けるが…
3人《にん》は無事《ぶじ》に家《いえ》に
帰《かえ》れるか…!?

凶《きょう》暴《ぼう》化《か》した猛《もう》獣《じゅう》
仲《なか》間《ま》と協《きょう》力《りょく》して
脱《だつ》出《しゅつ》を試《こころ》みるが…!?
大《だい》地《ち》が目《め》にしたものは…!?
猛《もう》獣《じゅう》学《がく》園《えん》!
アニマルパニック
百《ひゃく》獣《じゅう》の王《おう》ライオンから逃《に》げきれ!
緑川聖司 作
畑 優以 絵
集英社みらい文庫
大《だい》好《こう》評《ひょう》発《はつ》売《ばい》中《ちゅう》!!!!!

「みらい文庫《ぶんこ》」読者《どくしゃ》のみなさんへ

言葉《ことば》を学《まな》ぶ、感性《かんせい》を磨《みが》く、創造力《そうぞうりょく》を育《はぐく》む……、読書《どくしょ》は「人間力《にんげんりょく》」を高《たか》めるために欠《か》かせません。たった一枚《いちまい》のページをめくる向《む》こう側《がわ》に、未知《みち》の世界《せかい》、ドキドキのみらいが無限《むげん》に広《ひろ》がっている。これこそが「本《ほん》」だけが持《も》っているパワーです。

学校《がっこう》の朝《あさ》の読書《どくしょ》に、休《やす》み時間《じかん》に、放課後《ほうかご》に……。いつでも、どこでも、すぐに続《つづ》きを読《よ》みたくなるような、魅力《みりょく》に溢《あふ》れる本《ほん》をたくさん揃《そろ》えていきたい。読書《どくしょ》がくれる、心《こころ》がきらきらしたり胸《むね》がきゅんとする瞬間《しゅんかん》を体験《たいけん》してほしい、楽《たの》しんでほしい。みらいの日本《にほん》、そして世界《せかい》を担《にな》うみなさんが、やがて大人《おとな》になった時《とき》、「読書《どくしょ》の魅力《みりょく》を初《はじ》めて知《し》った本《ほん》」「自分《じぶん》のおこづかいで初《はじ》めて買《か》った一冊《いっさつ》」と思《おも》い出《だ》してくれるような作品《さくひん》を一所懸命《いっしょけんめい》、大切《たいせつ》に創《つく》っていきたい。

そんないっぱいの想《おも》いを込《こ》めながら、作家《さっか》の先生方《せんせいがた》と一緒《いっしょ》に、私《わたし》たちは素敵《すてき》な本作《ほんづく》りを続《つづ》けていきます。「みらい文庫《ぶんこ》」は、無限《むげん》の宇宙《うちゅう》に浮《う》かぶ星《ほし》のように、夢《ゆめ》をたたえ輝《かがや》きながら、次々《つぎつぎ》と新《あたら》しく生《う》まれ続《つづ》けます。

本《ほん》を持《も》つ、その手《て》の中《なか》に、ドキドキするみらい――。

本《ほん》の宇宙《うちゅう》から、自分《じぶん》だけの健《すこ》やかな空想力《くうそうりょく》を育《そだ》て、〝みらいの星《ほし》〟をたくさん見《み》つけてください。

そして、大切《たいせつ》なこと、大切《たいせつ》な人《ひと》をきちんと守《まも》る、強《つよ》くて、やさしい大人《おとな》になってくれることを心《こころ》から願《ねが》っています。

2011年《ねん》　春《はる》

集英社《しゅうえいしゃ》みらい文庫《ぶんこ》編集部《へんしゅうぶ》